琼 瑶

作 品 大 全 集

苍天有泪 3

人间有天堂

琼瑶 著

作家出版社

琼瑶，本名陈喆，作家、编剧、作词人、影视制作人。原籍湖南衡阳，1938年生于四川成都，1949年随父母由大陆赴台生活。16岁时以笔名心如发表小说《云影》，25岁时出版首部长篇小说《窗外》。多年来笔耕不辍，代表作包括《烟雨蒙蒙》《几度夕阳红》《彩云飞》《海鸥飞处》《心有千千结》《一帘幽梦》《在水一方》《我是一片云》《庭院深深》等。

多部作品先后改编成为电影及电视剧，琼瑶也因此步入影视产业。《六个梦》系列、《梅花三弄》系列、《还珠格格》系列等，影响至深，成为几代读者与观众共同的记忆。

琼瑶以流畅优美的文笔，编织了众多曲折动人的故事。其作品以对于梦的憧憬和爱的执着，与大众流行文化紧密结合，风靡半个多世纪，成为华文世界中极重要的文学经典。

我为爱而生，我为爱而写
文字里度过多少春夏秋冬
文字里留下多少青春浪漫
人世间虽然没有天长地久
故事里火花燃烧爱也依旧

馍禄

21

雨凤被这一场雨，彻底地清洗过了。她恢复了神志，完全醒过来，也重新活过来了。回到房里，换上了干净的衣服，她就乖乖地吃了药，而且，觉得饿了，雨鹃捧了刚熬好的鸡汤过来，她也顺从地吃了。大家含泪看着她吃，个个都激动不已。每个人这才都觉得饿了。

晚上，雨停了。

雨凤坐在窗前的一张躺椅里，身上盖着夹被。依然憔悴苍白，可是，眼神却是那么清明，神志那么清楚。云飞看着，心里就被"失而复得"的喜悦涨满了。他细心地照顾着她，一会儿倒茶，一会儿披衣，一会儿切水果。

她看着窗外出神。窗外，天边悬着一弯明月。

"雨停了，天就晴了，居然有这么好的月亮。"她说。

他走过来，在她身边坐下，深深地凝视她：

"对我而言，这就是'守得云开见月明'！"

她转头看他，对他软弱地笑了笑。

"看到你又能笑了，我心里的欢喜，真是说都说不出来。"

她握住他的手，充满歉意地说：

"让你这么辛苦，对不起。"

他心中一痛，情不自禁，把她的手用力握住。

"干吗？好痛！"

"我要让你痛，让你知道，你的'对不起'是三把刀，插在我心里，我太痛了，就顾不得你痛不痛！"

她眼中涌上泪雾。他立即说：

"不许哭，眼泪已经流得太多了！不能再哭了！"

她慌忙拭去泪痕，又勉强地笑了，看看四周，轻声说：

"结果，我还是被你'金屋藏娇'了！"

他注视她，不知道是否冒犯了她。然后，他握起她的双手，深深地、深深地、深深地看着她，温柔而低沉地说：

"雨凤，我要告诉你我的一段遭遇。因为那是我心里最大的伤痛，所以我一直不愿意提起。以前虽然跟你说过，也只是轻描淡写。"

她迎视着他的眼光，神情专注。

"我说过，我二十岁那年，就奉父母之命结婚了。映华和你完全不一样，她是个养在深闺、不解人间世事的姑娘。非常温柔，非常美丽。那时的我，刚刚了解男女之情，像是发现了一个无法想象的新世界，太美妙了！我爱她，非常非常爱她，发誓要和她天长地久，发誓这一生，除了她，再也不要别的女人！"

她听得出神了。

"她怀孕了，全家欣喜如狂，我也高兴得不得了。我怎样都没有想到，有人会因为'生'而'死'，幸福会被一个'喜悦'结束掉！映华难产，拖了三天，终于死了，我那出生才一天的儿子跟着去了。在那一瞬间，生命对于我，全部变成零！"

他的陈述，勾动往日的伤痛，眼神中，充满痛楚。

她震动了，不自觉地握住他的手，轻轻搓揉着，想给他安慰，想减轻他的痛楚。

"你不一定要告诉我这个！"她低柔地说。

"你应该知道的，你应该了解我的全部！我今天告诉你这些，主要是想让你知道，当你抗拒整个世界，把自己封闭退缩起来的那种感觉，我了解得多么深刻！因为，我经历过更加惨痛的经验！映华死了，我有七天不吃不喝的纪录，我守在映华的灵前，让自责把我一点一滴地杀死！因为映华死于难产，我把所有的过错都归于自己，是我让她怀孕的，换言之，是我杀死她的！"

她睁大了眼睛，看着痛楚的云飞。

"七天七夜！你能想象吗？我就这样坐在那儿，拒绝任何人的接近，不理任何人的哀求！最后，我娘崩溃了！她端了一碗汤，到我面前来，对我跪下，说：'你失去了你的妻子和儿子，你就痛不欲生了，这种痛，你比谁都了解！那么，你还忍心让失去媳妇和孙子的我，再失去一个儿子吗？'"

云飞说着，眼中含泪，雨凤听得也含泪了。

"我娘唤醒了我，那时，我才明白，生命的意义，不在于金钱，不在于权势，只在于'爱'，当有人爱你的时候，你根本没有权利放弃自己！你有责任和义务，为爱你的人而活！这也是后来，我会写《生命之歌》的原因！"

雨凤热烈地看着他，感动而震动了。

"我懂了！我知道你为什么讲这个给我听，我……好心痛，你曾经经历过这样悲惨的事，我还要让你再痛一次！我以后不会了，一定不再让你痛了！"她忏悔地说。

他把她拉进了自己的怀里，轻轻地拥住她：

"你知道，当你拒绝全世界的时候，我有多么恐惧和害怕吗？我以为，我会再'失去'一次！只要想到这个，我就不寒而栗了！"

"你不会失去我了，不会了！不会了！"她拼命摇头。

"你答应我！"

"我答应你！"

云飞这才抬头凝视她，小心地问：

"那么，还介意被我'金屋藏娇'吗？"

她情不自禁，冲口而出：

"藏吧！用'金屋'，用'银屋'，用'木屋'，用'茅草屋'都可以，随你怎么藏，随你藏多久！"

他把她的头，紧压在胸前：

"我'藏'你，主要是想保护你，等你身体好了，我一定要跟你举行一个盛大的婚礼，告诉全天下，我娶了你！在结婚之前，我绝不会冒犯你，我知道你心中有一把道德尺规，我会非常非常尊重你!"

她不说话,只是紧紧地依偎着他,深思着。半晌,她小小声地开了口:

"慕白……"

"怎样?"

"我没有映华那么好,怎么办?你会不会拿我跟她比,然后就对我失望了?你还在继续爱她,是不是?"

"我就猜到你可能会有这种反应,所以一直不说!"

"我知道我不该跟她吃醋,就是有点情不自禁。"

他用手托起她的下巴,一瞬也不瞬地,看进她内心深处去:

"她是我的过去,你是我的现在和未来,在我被我娘唤醒的那一刻,我也同时明白了一个道理,人,不能活在过去里,要活在现在和未来里!"他虔诚地吻了吻她的眉、她的眼,低低地说:"谢谢你吃醋,这表示,我在你心里,真的生根了!"

他的唇,从她的眉、她的眼,滑落到她的唇上。

雨凤回到人间,雨鹃的心定了。跟着要解决的问题,就是郑老板的求亲。她没有办法再拖延下去,必须面对现实,给金银花一个交代了。

这天,她到了待月楼。见到金银花,她期期艾艾地开了口:

"金大姊,我今天来这儿跟你辞职,我和雨凤,都决定以后不登台,不唱曲了……"

她的话还没说完，金银花已经满腹怀疑，气急败坏地瞪着她，问：

"到底发生了什么事？你们姊弟五个，忽然之间，连夜搬家！现在，你又说以后不唱曲了，难道，我金银花有什么地方亏待了你们吗？还是提亲的事，把你们吓跑了？还有，你脸上的伤是怎么回事？谁那么大的胆子，敢伤你的脸？"

雨鹃咽了口气，发生在自己身上的事，关系到女儿家的名节，尤其是雨凤，她那么在乎，自己一个字都不能泄露。她退了一步，说：

"你不要胡思乱想，你对我们姊妹的恩情，我们会深深地记在心底，一辈子都不会忘记的！这次匆匆忙忙地搬家，没有先通知你，实在是有其他的原因！不唱曲也是临时决定的，雨凤生病了，我们一定要休息，而且，你也是知道的，雨凤注定是苏慕白的人了，慕白一直不希望她唱，现在，她已经决心跟他了，就会尊重他的决定！"

"苏慕白，你是说展云飞！"

"我是说苏慕白，就是你说的展云飞！"雨鹃对于"展云飞"三个字，仍然充满排斥和痛苦。

"好！我懂了。雨凤跟了展云飞，从此退出江湖。那么，你们已经搬去跟他一起住了，是不是？"

"应该是说，他帮我们找了一个房子，我们就搬进去了！"

"不管怎么说，就是这么一回事就对了！那么，你呢？"

"我怎么？"

金银花着急，一跺脚：

"你跟我打什么马虎眼呢？雨凤不唱，你也不唱了！那么，雨凤跟了展云飞，你不会也跟了展云飞吧？"

"哪有这种事？"雨鹃涨红了脸。

"这种事可多着呢，娥皇女英就是例子！好，那你的意思是说不是！那么，郑老板的事怎么说？你想明白了吗？"

雨鹃对房门看了一眼。阿超正在外面等着，她应该一口回绝了郑老板才是。可是，她心里千回百转，萦绕着许多念头，真是千头万绪，剪不断，理还乱：

"金大姊，请你再多给我一点时间考虑，好不好？"

"我觉得你是一个很爽快的人，怎么变得这样不干不脆？"金银花仔细打量她，率直地问，"你们是不是碰到麻烦了？你坦白告诉我，你脸上有伤，雨凤又生病，你们连夜搬家，所有的事拼起来，不那么简单，珍珠他们说，早上他们来上班，你还有说有笑。你不要把我当成傻瓜！到底是什么事？需不需要郑老板来解决？你要知道，如果你们被人欺负了，那个人就是在太岁头上动土！"

雨鹃瞪大眼看着金银花，震动了一下：

"我们好像一直有麻烦，从来没有断过！你猜对了，我们是碰到了麻烦，可是，我现在不想说，请你不要勉强我。我想，等过几天，我想清楚了，我会再来跟你谈，现在，我的脑子糊里糊涂，好多事都没理清楚……总之，这些日子以来，你照顾我们，帮助我们，真是谢谢了！现在，你正缺人，我们又不能登台，真是对不起！"

"别说得那么客气，好像忽然变得生疏了！"金银花皱皱眉头，"你说还要时间考虑，你就好好地考虑！这两天，待月楼好安静，没有你们姊妹两个唱曲，没有展家兄弟两个来斗法，连郑老板都是满肚子心事……好像整个待月楼都变了。说实在的，我还真舍不得你们两个！我想……大家的缘分，应该还没结束吧！"

雨鹃点头。金银花就一甩头说：

"好了！我等你的消息！"

"那我走了！"

雨鹃往门口走。金银花忽然喊住：

"雨鹃！"

雨鹃站住，回头看她。金银花锐利地盯着她，话中有话地说：

"你们那个苏慕白和展夜枭是亲兄弟，不会为你们姊妹演出'大义灭亲'这种戏码！真演出了，雨凤会被桐城的口水淹死！所以，如果有人让你们受了委屈，例如你脸上的伤……你用不着演下去，你心里有数，有个人肯管、会管、要管，也有办法管！再说，雨凤把云飞带出展家，自立门户，你们和展家的梁子，就结大了！这桐城嘛，就这么两股势力，你可不要弄得'两边不是人'！"

金银花这一篇话，惊心动魄，把雨鹃震得天旋地转。一直觉得郑老板的求婚，不是一个"不"字可以解决，现在，就更加明白了。一个展云翔，已经把萧家整得七零八落，再加上郑老板，全家五口，要何去何从呢？至于郑老板的"肯管、会管、要管，也有办法管……"依然诱惑着她，父亲的血海深仇，自己和雨凤的屈辱，怎么咽得下去？她心绪紊乱，矛盾极了。

从待月楼出来，她真的是满腹心事。阿超研究地看看她，问：

"你说了吗？"

"什么？"

"你讲清楚了没有？"

"讲清楚了，我告诉她我们不再登台了！"她支吾着说。

"那……郑老板的事呢，也讲清楚了吗？"

"那个呀……我……还没时间讲！"

"怎么没时间讲呢？那么简单的一句话，怎么会没时间讲？"他着急地瞪她。

她低着头，看着脚下，默默地走着，半晌不说话。他更急：

"雨鹃，你在想什么？你心里有什么打算？你告诉我！"

雨鹃忽然站定了，抬头一瞬也不瞬地看着他，哑声地说：

"昨天晚上，我听到你和慕白在花园里谈话，你们是不是准备回去找那个夜枭算账？"

"对！等你们两个身体好了，我们一定要讨还这笔债！他已经让人忍无可忍了，如果今天不处理这件事，他还会继续害人，说不定以为你们好欺负，还会再来！这种事发生过一次，绝对不能发生第二次！"

"你们预备把他怎样？杀了他？还是废了他？"

"我想，你最好不要管！"

"我怎么能不管？万一你们失手，万一像上次那样，被他暗算了！那怎么办？"

"上次是完全没有防备，这次是有备而去！情况完全不一样，怎么可能失手呢？你放心吧！你不是心心念念要报仇吗？我帮你报！"

雨鹃瞪着他，心里愁肠百结：

"我不要你帮我报仇，我要你帮我照顾大家！你答应过我，你会照顾小四，他好崇拜你，你要守着他，让他变成一个顶天立地的男子汉！雨凤和慕白，他们爱得这么刻骨铭心，雨凤不能失去慕白！你也要保护他们，让他们远离伤害！小三、小五都好脆弱，未来的路还那么长，这些，都是你的责任！"

"你说这些干什么？好像你不跟我们在一起似的！"阿超惊愕地看她。

"我不要你们两个受伤，不要你们陷于危险！我宁可你们放他一马，不要去招惹他了！"雨鹃的语气里带着哀恳。

"你要放掉他？你不要报仇了？你甘心吗？"

"我不甘心！可是，如果你们两个有任何闪失，我们五个，要怎么办？"

阿超挺直背脊，意志坚决地说：

"雨鹃！跟展夜枭算账，是我一定要做的事，如果我不做，我就不是一个男人！因为他侵犯了你，对大少爷而言，是一样的！他鞭打我，暗算大少爷，我们都可以忍下去，伤害到你们，他就死定了！他明明知道这一点，可是，他还是胆大包天，敢去做，他就看准了大少爷会顾及兄弟之情，不敢动手！如果我再不动手，谁能制得了他？"

"你动手之后，会怎样？你们想过后果没有？一命要还一命！"

"这个……我想过了。大少爷是个文人，从来就不跟人动手，真正动手的是我！如果必须一命还一命，我保证让大少爷不被牵连，我会抵命！"

"你抵命，那……我呢？"

"你……"他怔了怔，"情况不会那么坏，万一如此，你多珍重！"

她瞅着他，点点头，明白了。在他心里，受辱事大，爱情事小。在自己心里，难道不是这样吗？一直认为报仇事大，其他的事都不重要。什么时候，自己竟然变了？她低下头去，默默地走着，不再说话，心里是一片苍凉。

第二天早上，大家吃完了早餐，小四背着书包，上学去了。云飞看到雨凤已经完全恢复了健康，生活也已经上了轨道，就回头看了阿超一眼，阿超很有默契地点了点头。云飞就对雨凤叮嘱：

"我和阿超出去一趟，会尽快赶回来，书桌抽屉里有钱，如果我有事耽误，你拿去用！"

雨凤和雨鹃都紧张起来。雨凤急急地问：

"什么叫有事耽误？你要去哪里？"

"放心！我有了你这份牵挂，不会让自己出事的！"云飞说。

雨鹃奔到阿超面前，喊：

"你记着！你也不是无牵无挂的人，你也'不许'让自己出事！"

阿超点点头，什么话都不说。两人再深深地看了姊妹二人一眼，就一起出门去了。

雨凤眼睁睁看着他们走出大门，心脏怦咚怦咚跳得好厉害，她跌坐在一张椅子里，心慌意乱地说：

"我应该阻止他，我应该拦住他……"

"我试过了，没有用的！"雨鹃说，"我想，这次的事件，他们比我们受到的伤害更大！再说，我们也不能因为自己的儿女情长，就让他们英雄气短！"

"我不在乎他们做不做英雄，我只在乎他们能不能长命百岁，和我们天长地久！"雨凤冲口而出，"只有珍惜自己，才是珍惜我们呀！"

雨鹃困惑而迷惘，她是不会苟且偷生的，能和敌人"同归于尽"，也是一份"壮烈的凄美"！但是，她现在不要壮烈，不要凄美，她竟然和雨凤一样，那么渴望"天长地久"，她就对这样的自己，深深地迷惑起来。

云飞和阿超，终于回到了展家。

他们两个一进门，老罗就紧张地对家丁们喊着：

"快去通知老爷太太，大少爷回来了！快去……快去……"

家丁们就一路嚷嚷着飞奔进去：

"大少爷回来了……大少爷回来了……"

云飞和阿超对看一眼，知道家里已经有了防备，两人就快步向内冲去。一直冲到云翔的房门口，阿超提起脚来，对着房门用力一端，房门砰的一声被冲开。云飞就大踏步往门里一跨，气势凌人地大吼：

"展云翔！你给我滚出来！我今天要帮展家清理门户！"

云翔正在房里闲荡，百无聊赖，心烦意乱。眼看云飞和阿超杀气腾腾地冲进来，他立刻跳上床，拉着棉被就盖住装睡。

天虹吓了一跳，急急忙忙拦门而立，哀声喊：

"云飞！你要干什么？"

阿超蹿到床前，一把就扯住云翔的衣服，把他拉下床来。云翔大叫：

"你是什么东西，敢跟我动手动脚！"

阿超咬牙切齿，恨恨地喊：

"我让你知道我是什么东西！"

他双手举起云翔，用力往地上一摔。云翔跌在地上，大喊：

"哎哟！哎哟！奴才杀人啊……"

阿超扑上去，新仇旧恨，全体爆发，抓住他就拳打脚踢。

这时，祖望、梦娴、品慧、纪总管、齐妈、老罗以及丫头家丁纷纷赶到。一片呼叫声。祖望气急败坏地喊：

"云飞！他是你的弟弟呀！他已经遍体鳞伤，你怎么还下得了手？难道你就全然不顾兄弟之情了吗？"

云飞目眦尽裂：

"爹！你问问这个魔鬼，他有没有顾念兄弟之情？我今天来这儿,是帮你除害!你再袒护他,你再纵容他,有一天,他会让整个展家,死无葬身之地!"

品慧尖叫着扑了过来:

"阿超······你敢再碰他一下,我把你关进大牢,让你一辈子出不来······"

梦娴就合身扑向云飞,急切地喊:

"云飞!有话好好说,你一向反对暴力,反对战争,怎么会这样沉不住气?不可以······绝对不可以!"

阿超一把推开了品慧,把云翔从地上提了起来,用胳膊紧勒着他的脖子,手腕用力收紧。云翔无法呼吸了,无法说话了,涨红了脸,一直咳个不停。阿超就声色俱厉地喊:

"大少爷!你说一句话,是杀了他,还是废了他?"

云飞还来不及说话,天虹冲上前来,扑通一声,给阿超跪下了,凄然大喊:

"阿超,你高抬贵手!"

她这样一跪,阿超大震,手下略松,喊着:

"天虹小姐!你不要跪我!"

"我不只跪你,我给你磕头了!"天虹说着,就磕下头去。

"天虹小姐,你不要为难我,这个人根本不是人······"

天虹见阿超始终不放云翔,便膝行至云飞面前,哭着拜倒下去:

"云飞,我从来没有求过你什么,我也知道,云翔犯下大错,天理不容!我知道你有多恨,有多气,我绝对比你更恨更气,可是,他是你的弟弟,是我孩子的爹,我什么都没有,连尊严都没有了，我只想让我的孩子，有爹有娘……请你可怜我，成全了我吧！"

云飞听了，心为之碎。一伸手，要搀扶她：

"你起来！不要糟蹋你自己，你这样说，是逼我放手，可是，他没有心，没有感情，他不值得你跪！他做了太多伤天害理的事，实在不可原谅……"

天虹跪着，不肯起来。祖望大喊：

"云飞！不管云翔有多么荒唐，有多么混账，他和你有血脉之亲，如果你能狠下心杀他，你不是比他更加无情，更加冷血吗？"

"现在，我才知道什么叫'恨之入骨'，什么叫'切肤之痛'！他能把我逼到对他用武力，你得佩服他，那不是我的功力，那是他的功力……"

这时，门外传来一阵吼声，天尧带着展家的"夜枭队"气势汹汹地冲进门来，个个都是全副武装，手里有的持刀，有的拿棍，迅速地排成一排。天尧就往前一冲，手里的一把尖刀，立刻抵在云飞的喉咙上，他大笑着说：

"阿超，你动手吧！我们一命抵一命！"

阿超大惊，不知道是去救云飞好，还是继续挟持云翔好。

云飞仰天大笑了，一面笑着，一面凄厉地喊：

"爹！你这样对我？这个出了名的夜枭队，今天居然用在我的身上？你们早已严阵以待，等我好多天了！是不是？好极了，我今天就和他同归于尽！阿超……"

天虹本来跪在云飞面前，这时，一看情况不对，又对着天尧磕下头去。她泪流满面，凄然大喊：

"哥！我求你，赶快松手！我给你磕头……我给你磕头……"就磕头如捣蒜。

"天虹……"天尧着急，"你到底在帮谁？"

天虹再膝行到纪总管面前，又磕下头去：

"爹……我也给你磕头了！请你们不要伤害云飞……我磕……我磕……"她磕得额头都肿了。

纪总管看着这个女儿，简直不知道该怎么办才好，想着她还有身孕，心碎了：

"罢了罢了！"他抬头大声喊："天尧！放掉云飞！"

天尧只得松手。他一松手，天虹就转向阿超，再拜于地：

"阿超……我求你！我给你磕头……求求你……求求你……请你放掉云翔吧！"她连连磕头。

阿超再也受不了这个，长叹一声，用力推开云翔。他跳起身子，对云飞说：

"大少爷，对不起！我没办法让天虹小姐跪我！让天虹小姐给我磕头！"

云翔躺在地上哼哼。品慧、天尧、丫头们慌忙去扶。

云飞见情势如此，只得认了。但是，心里的怒火，怎样都无法平息。那些愤恨，怎样都咽不下去。他指着云翔，斩钉截铁，一字一字，清清楚楚地说：

"展云翔！我告诉你，今天饶你一命！如果你再敢欺负任何老百姓，伤害任何弱小，只要给我知道了，你绝对活不成！你最好相信我的话！你不能一辈子躲在老婆和父母的怀里！未来的日子还长得很，你小心！你当心！"

云飞说完，掉头就走。阿超紧跟着他。

祖望看得心惊胆战，对这样的云飞，不只失望，而且害怕。他不自禁地追到庭院里，心念已定，喊着：

"云飞！别走！我还有话要说，我们去书房！"

云飞一震，回头看着祖望，点点头。于是，父子二人，就进了书房。

"为了一个江湖女子，你们兄弟如此反目成仇，我实在无法忍受了！"祖望说。

"爹，你不知道云翔做的事，你根本不认识这个儿子……"

"我知道云翔对雨凤做了什么……"

云飞大震抬头，愕然地看着祖望，惊问：

"什么？爹？你说你知道云翔做了什么事？"

"是！他跟我坦白地说了，他也后悔了！我知道这事对任何一个男人而言，都是无法忍受的事！现在，你打也打了，骂也骂了，他也受到教训，浑身是伤，你是不是可以适可而止了？"

云飞无法置信地看着父亲，喃喃地说：

"原来你知道真相！你认为我应该适可而止？"

"反正雨凤并没有损失什么，大家就不要再提了！为了一个女人，兄弟两个，拼得你死我活，传出去像话吗？这萧家，跟展家实在犯冲，真弄不明白，为什么她们像糨糊一样，黏着我们不放，一直跟我们家这样纠缠不清？"

"她跟我们纠缠不清？还是我们一直去纠缠人家？"云飞

怒极，拼命压抑着。

"反正，好人家的女儿，绝不会让兄弟反目，也绝不会到处留情！"

云飞一口气憋在胸口，差点没晕倒：

"好好好！你这样说，我就明白了！云翔没错，错的是萧家的女儿……好好好，我现在才知道，人类多么残忍，'是'与'非'的观念多么可笑！"

"小心你的措辞！好歹我是你爹！"

"你知道吗？所有的父母都有一个毛病，当'理'字站不住的时候，就会把身份搬出来！"

祖望大怒，心里对云飞仅存的感情，也被他的咄咄逼人赶走了，他一拍桌子，怒气冲冲地大喊：

"你放肆！我对你那么疼爱，那么信赖，你只会让我伤心失望！你一天到晚批评云翔，骂得他一无是处！可是，你呢？对长辈不尊敬，对兄弟不友爱，对事业不能干，只在女人身上用功夫！你写了一本《生命之歌》，字字句句谈的是爱，可是，你的行为，完全相反！你不爱家庭，不爱父母，不爱兄弟，只爱女人！你口口声声反对暴力，歌颂和平，你却带着阿超来杀你的弟弟！这样一个口是心非的你，你自己认为是'无缺点'的吗？"

云飞也大怒，心里对父亲最后的敬爱，也在瓦解。他气到极点，脸色惨白：

"我从没有认为自己'无缺点'，但是，现在我知道，我在你眼里，是'无优点'！你这样的评价，使我完全了解，我在你心里的地位了！你把我说得如此不堪，好好好，好好好……"

祖望深抽口气，努力平定自己激动的情绪：

"好了！我们不要谈这个！听说你在塘口，已经和萧家姑娘同居了……"

"你们对我的一举一动，倒是清楚得很！"

祖望不理他，带着沉痛和伤感，狠心地说了出来：

"我想，你就暂时住在塘口吧！我老了，实在禁不起你们兄弟两个，动不动就演出流血事件！过几天，我会把展家的财产，做一个分配，看哪一些可以分给你。我不会让你缺钱用，你喜欢什么，也可以告诉我，例如银楼、当铺、绸缎庄……你要什么？"

云飞震动极了，深深地看着父亲，几乎不相信自己的耳朵，哑声说：

"爹，你在两个儿子中，做了一个选择！"他深吸口气，沉痛已极："以前，都是我闹着要离家出走，这次，是你要我走！我明白了！"他凝视祖望，悲痛地摇摇头："不要给我任何财产，我用不着！我留下溪口的地，和虎头街那个已经收不到钱的钱庄！至于那些银楼当铺绸缎庄，你通通留给云翔吧，我想，在没有利害关系之后，他大概可以对我放手了！"

祖望难过起来：

"我不是不要你，是……自从你回家，家里就三天两头出事……"

云飞很激动，打断了他：

"你的意思已经非常明白，不用多说了！你既然赶我走，我一天都不会停留，今天就走！我们父子的缘分，到此为止！我走了之后，不会再姓展，我有另外一个名字，苏慕白！以后，展家的荣辱，与我无关，展家的财产，也与我无关！展家的是是非非，都与我无关！只是，如果展家有人再敢伤害我的家人，我一定不饶！反正，我也没有弟弟了！什么兄弟之情，我再也不必顾虑了！"

祖望听到这些话，知道他已经受到重大伤害，毕竟是自己心爱的儿子，他就心痛起来：

"云飞，我不是这个意思，你何必说得这么绝情！"

云飞仰天大笑，泪盈于眶：

"绝情？今天你对我说的每一个字，每一个指责，每一个结论，以至你的决定，加起来的分量，岂止一个'绝情'？是几千几万个'绝情'！是你斩断了父子之情，是你斩断了我对展家最后的眷恋！我早就说过，我并不在乎姓展！现在，我们两个，都可以解脱了！谢谢你！我走了！"

云飞转身就走，祖望的心痛，被他这种态度刺激，完全消失了，取而代之的，是气不打一处来：

"你这是什么态度？你回来！我话还没有说完……"

云飞站住，回身，眼神凄厉：

"你没有说完的话，还是保留起来比较好，免得我们彼此伤害更深！再见了！你有云翔'承欢膝下'，最好多多珍重！"

云飞说完，打开房门，头也不回地大步而去。祖望大怒：

"哪有你这样的儿子，连一句好听的话都没有！简直是个冷血动物！你有种，就永远别说你姓展！"

云飞怔了一下，一甩头，走了。

云飞直接回到自己的房间，开始收拾自己的东西。梦娴追着他，一伸手抓住他的手腕，急急地说：

"到底是怎么回事？我有一肚子的话要问你，为什么和云翔闹得这样严重？这些天，你人在哪里？听说雨凤搬家了，搬到哪里去了？是不是和云翔有关？"

云飞带着悲愤，激动地一回头，说：

"娘，对不起，我又让你操心了！云翔的事，你了解我的，只要我能忍，我一定忍了！可是，他那么坏，坏到骨子里，实在让人没办法忍下去。我本来不想说，但是，你一定会不安心……娘，他去萧家，捆绑了雨鹃和两个小的，打伤两个大的，还差点强暴了雨凤！"

梦娴和齐妈，双双大惊失色。

"幸亏雨凤枕头下面藏着一把匕首，她拼了命，保全了她和雨鹃的清白……可是，在挣扎打斗中，弄得全身都是伤，割破二十几个地方，被打得满脸青青紫紫，雨鹃也是。两个小的吓得魂飞魄散！"他看着梦娴，涨红了眼眶，"我真的想杀掉云翔！如果他再敢碰她们，我绝对杀掉他！即使我要因此坐牢，上断头台，我都认了！"

梦娴心惊胆战，感到匪夷所思：

"云翔……他为什么要这样做呢？他有天虹，他要姑娘，什么样的都可以要得到，他为什么要这样做？"

"他根本就是一个疯子，完全不能以常理去推测！就像他要天虹一样！他不爱天虹，就因为天虹心里有我，他不服气，就非娶到不可！娶了，他也不珍惜了！欺负雨凤，明明就是冲着我来的！最可恶的就是这一点！哪有这样的弟弟呢？爹居然还维护着他，在两个儿子里做了一个选择，赶我走！娘，请你原谅我，我和展家，已经恩断义绝了！"就回头喊，"阿超，你去把我的书、字画、抽屉里的文稿，通通收拾起来！再去检查一下，有什么我的私人物品，全部给我打包！"

"是！"阿超就去书桌前，收拾东西。

梦娴急得心神大乱，追在云飞后面喊：

"怎么会这样呢？云飞，你不要这样激动嘛，你等一下，我去跟你爹谈，你们父子之间，一定有误会，你爹不可能要赶你走！我绝对不相信，你们两个就是这样，每次都是越说越僵！齐妈……把他的衣服挂回去！"

齐妈走过去，拉住云飞手里的衣服：

"大少爷，你不要又让你娘着急！"

云飞夺下齐妈手里的衣服，丢进皮箱里：

"齐妈，以后不要叫我大少爷，我姓苏，叫慕白，你喊我慕白就可以了！大少爷在我生命里已经不存在了，在你们生命里也不存在了！"他转头深深地看梦娴，沉痛而真诚地说："娘！在爹跟我说过那些话之后，我绝对不可能再留下来了！但是，你并没有失去我，我还是你的儿子！"他走到书桌前，写了一个地址，交给她："这是我塘口的地址，房子虽然不豪华，但是很温暖。现在一切乱糟糟，还没就绪，等到就绪了，我接你一起住！我跟你保证，你会有一个比现在强一百倍的家！"

梦娴眼泪汪汪：

"但是，我是展家人啊！我怎么离得开展家呢？"

云飞握住她的双臂，用力地摇了摇，坚定地说：

"不要难过，坚强一点！如果你难过，会让我走得好痛苦！我的生命里，痛苦已经太多，我不要再痛苦下去！娘，为我高兴一点吧！这一走，解决了我所有的问题，不用再和云翔共处，不用去继承爹那些事业，对我真的是一种解脱。何况，我还有心爱的人朝夕相伴……你仔细想一想，就不会难过了！你应该欢喜才是！"

梦娴凝视他，眼泪滚了出来：

"我懂了。这次，我不留你了！"她握紧手里的地址："答应我，在我有生之日，你不离开桐城！让我在想见你的时候，随时可以去看你！"

云飞郑重地点头：

"我答应！"

母子深深互视，千言万语，都在无言中了。

就这样，云飞和阿超带着一车子的箱子、字画、书籍、杂物回到塘口的新家。

雨凤、雨鹃、小三、小五都奔出来。雨凤看到他们两个，就惊喜交集，不住看云飞的脸、云飞的手：

"你回来了！好好的吗？有没有跟人打架？怎么去了那么久？我担心得不得了！"

阿超往雨鹃面前一站，惭愧地、抱歉地说：

"雨鹃，对不起，我没能帮你报仇，因为，天虹小姐给我跪下来了，她一直磕头，一直拜我，我受不了这个！天虹小姐对我有恩，以前冒险偷钥匙救我，她一跪，我就没辙了！"

雨鹃明白了，大大地松了一口气，竟然欢呼起来：

"你们全身而回，我们就谢天谢地了！那个仇，暂时搁下吧！"

小三好奇地看着那些箱子：

"慕白大哥！你们以后都住这儿，不会离开了，是不是？"

"是！"云飞看看雨凤和雨鹃，"我现在只有一个家，就是这儿！我现在只有一个名字，就是苏慕白！我不离开这儿，除非跟你们一起离开！"

小五跑过去，把他一抱，兴奋地大叫：

"哇！我好高兴啊！以后，再也不怕那个魔鬼了！"

雨凤疑惑地看着他，心里有些明白了。云飞带着沉痛，带着自责，说：

"我想为你们讨回一点公道，但是，我发现，在展家根本没有'公道'这两个字！我想给那个夜枭一点惩罚，结果，我发现，我实在很软弱，我不是一个狠角色，心狠手辣的事，我就是做不下去！我觉得很沮丧，对不起你！"

雨凤眼眶一热，泪盈于眶，喊着：

"别傻了！我只要你好好的，别无所求！你的命跟展夜枭的命怎么能相提并论？如果你杀了他，我也不会有什么好处，但是，你有一丁点儿的伤痛，我就会有很大很大的伤痛！请你为了我，不要受到伤害，就是你宠我疼我了！"

"是吗？"

雨凤拼命点头：

"你出门的时候，我知道你会回去找他算账，我就想拦你，想阻止你！可是，我知道那是你的家，你迟早要回去，也迟早要面对他！我无法把你从那个家庭里连根拔起，我也没办法阻止你去找他！可是，从你离开，我就心惊肉跳！现在，看到你平安回来，我已经太感恩了！你所谓的软弱，正是你最难能可贵的地方，善良和柔软绝对不是罪恶！请你为我软弱一点吧！"

云飞激动地握住了她的手：

"上苍给了我一个你，这么知我解我，我还有什么可怨可恨呢？从此，为你死心塌地当苏慕白！再也没有展云飞了！"

22

　　云飞带回来的东西里，百分之八十都是书。还好，这新租的房子里，有一间现成的书房。这天下午，阿超忙着把云飞的书本搬进房，雨鹃帮忙，把大摞大摞的书，拿到书架上去。两人一边收拾，一边谈话：

　　"这么说，慕白和展家是恩断义绝了！"

　　"是！大少爷说……"

　　"你这声大少爷也可以省省了吧！"

　　"我真的会给你们弄疯掉，叫了十几年的称呼，怎么改？"阿超抓抓头。

　　"好了，他说什么？"

　　"他说，要出去找工作，我觉得，我找工作还比他容易一点！什么劳力的事，体力的事，我都能做。他最好还是写他的文章，念他的书，比较好！"

　　雨鹃愣了愣，深思起来：

"我们现在加起来，有七个人要吃饭呢！从今天起，要节省用钱了！不能再随便浪费了！你看，我就说不要那么快辞掉待月楼的工作，你们就逼着我马上去说！"

"如果我们两个大男人，养活不了你们，还要你们去唱曲为生的话，我和大少爷就去跳河算了！"

雨鹃低头，若有所思。心里一直萦绕着的念头，已经成了"决定"：

"阿超，我有话跟你说！"

"你说！"

雨鹃正视着他，看到他一脸的正直，满眼的信赖，心里一酸：

"我想……我想……"她支支吾吾，说不出口。

"你想什么？快说呀！我可是个急脾气！"他着急地喊，有些担心了。

雨鹃心一横，坚定地说出来：

"我想，我还是嫁给郑老板！"

阿超大震，抬头看她，瞪大眼睛，叫：

"什么？"

她注视着他，婉转地、柔声地说：

"你听我说，自从我们被展夜枭欺负，雨凤又差点病得糊涂掉，我就觉得，我们这个家，真的需要有力的人来照顾！现在，慕白和展家决裂了，等于也和展家对立了！如果我再拒绝郑老板，我们就是把'城南''城北'一起得罪了！想我们小小的一个萧家，在桐城树下这么庞大的两个敌人，以后的日子要怎么过？我绝对不能让雨凤小三小四小五，再经历任何打击！现在，只要牺牲我自己，就可以换得全家的平安和保护……我，决定这么做了！"

"你说，你'决定'了？"

"是！我想来想去，别无选择！"

阿超呆了片刻，把手里的一摞书，用力地掷在地上，发出好大的响声。然后，他一甩头，往房外就走。

雨鹃跑过去，飞快地拦住他，柔肠寸断，委屈地说：

"不要发脾气，你想一想我说的有没有道理？这样的决定，我的心也很痛，也很无可奈何，我们真的不能再得罪郑老板……再说，我跟了他，你们要找工作，要生存，就容易多了！他是敌，还是友，对我们太重要了！我是顾全大局，不得已呀，你要体谅我！"

阿超大受打击，雨鹃这个决定，粉碎了他所有梦想，打碎了他男性的自尊。他哑声地、愤怒地喊：

"反正，你的意思就是说，我没有力量保护你们，我不是'有力'的人，我没权没势又没钱，你宁愿做他的小老婆，也不愿意跟我！既然如此，何必招惹我，何必开我的玩笑呢？我早就知道自己'配不上'嘛！本来，根本不会做这种梦！"

阿超说完，把她用力一推，她站不稳，跌坐于地。他看也不看，夺门而去了。

雨鹃怔住，满眼泪水，满心伤痛。

然后，她听到后院里，传来劈柴的声音，一声又一声，急急促促，乒乒乓乓。她关着房门，关不掉那个劈柴的声音。

她躲在房里，思前想后，心碎肠断。当那劈柴的声音持续了一个小时，她再也忍不住了，跑到后院里一看，满院子都是劈好的柴，阿超光着胳臂，还在用力地劈，劈得满头大汗。他头也不抬，好像要把全身的力气，都劈碎在那堆木柴里。她看着，内心绞痛，大叫：

"阿超！"

他继续劈柴，完全不理。她再喊：

"阿超！你劈这么多柴干什么？够用一年了！"

他还是不理，劈得更加用力了。她一急，委屈地喊：

"你预备这一辈子都不理我了，是不是？"

他不抬头，不说话，只是拼命地劈柴，斧头越举越高，落下越重越狠。

她再用力大喊：

"阿超！"

他只当听不见。

她没辙了，心里又急又痛，跑过去一屁股坐在木桩上。阿超的斧头正劈下来，一看，大惊，硬生生把斧头歪向一边，险险地劈在她身边的那堆木柴上。

阿超这一下吓坏了，苍白着脸，抬起头来：

"你不要命了吗？"

"你既然不理我，你就劈死我算了！"

他瞪着她，汗水滴落，呼吸急促：

"你要我怎么理你？当你'决定'一件事情的时候，你就这么'决定'了，好像我跟这个'决定'完全无关！你根本没有把我放在眼睛里！没有把我放在心里！你说了一大堆理由，就是说我太没用，太没分量！我本来就没有'城南'，又没有'城北'，连'城角落''城边边'都没有！你堵得我一句话都说不出来！还叫我怎么理你？"

雨鹃含泪而笑：

"你现在不是说了一大堆吗？"

阿超一气，又去拿斧头：

"你走开！"

她坐在那儿，纹风不动：

"我不走！你劈我好了！"

阿超把斧头用力一摔，气得大吼：

"你到底要干什么？"

她奔过去，把他拦腰一抱，把面颊紧贴在他汗湿的胸口，热情奔放地喊着：

"阿超！我要告诉你！我这一生，除了你，没有爱过任何男人！我好想好想跟你在一起，像雨凤跟慕白一样！我从来没有跟你开过玩笑，我的心事，天知地知！对我来说，和你在一起，代表的是和雨凤小三小四小五慕白都在一起，这种梦，这种画面，这种生活，有什么东西可以取代呢？"

"既然如此，你为什么还要做那个荒唐的'决定'？你宁可舍弃你的幸福，去向强权低头吗？"

"今天，我做这样的决定，实在有千千万万个不得已！你心平气和的时候，想想我说的话吧！我们现在，是生活在一个强权的社会里！不低头就要付出惨痛的代价！一个展夜枭，已经把我们全家弄得凄凄惨惨，你还要加一个郑老板吗？我们真的得罪不起。"她痛苦地说。

阿超咽了口气：

"我去跟大少爷说，我们全体逃走吧，离开桐城，我们到南方去！以前，我和大少爷在那边，即使受过苦，从来没有受过伤！"

"我这番心事，只告诉你，你千万不要告诉雨凤和慕白，否则，他们拼了命也不会让我嫁郑老板！我跟你说，去南方这条路我已经想过，那是行不通的！"

"怎么行不通？为什么行不通？"

"那会拖垮慕白的！我们这么多人，一大家子，在桐城生活都很难了，去了南方，万一活不下去，要怎么办？现在，不是四五年前那样，只有你们两个，可以到处流浪，四海为家！我们需要安定的生活，小四要上学，小五自从烧伤后，身体就不好，禁不起车啊船啊的折腾！再说，这儿，到底是我们生长的地方，要我们走，可能大家都舍不得！何况，清明节的时候，谁给爹娘扫墓呢？"

"那……我去跟郑老板说，让他放掉你！"

她吓了一大跳，急忙喊：

"不要不要！你不要再树敌了，你有什么立场去找郑老板呢？你会把事情弄得更加复杂……再说，这是我跟郑老板的事，你不要插手！"

他一咬牙，生气地嚷：

"这么说，你是嫁定了郑老板？"

她的泪，扑簌滚落：

"不管我嫁谁，我会爱你一辈子！"

她说完，放开他，奔进房去了。

阿超呆呆地站着，半晌不动。然后大吼一声，对着那堆木柴，又踢又踹，木柴给他踢得满院都是，乒乒乓乓。然后，他抓起斧头，继续劈柴。

吃晚饭的时候，雨鹃和阿超，一个从卧室出来，一个从后院过来，两人的神色都不对。雨鹃眼圈红红的，阿超满头满身的汗。云飞奇怪地看着阿超：

"怎么一个下午都听到你在劈柴，你干什么劈那么多柴？"

"是啊！我放学回来，看到整个后院，堆满了柴！你准备过冬了吗？"小四问。

"反正每天要用，多劈一点！"阿超闷闷地说。

雨鹃看他一眼，低着头扒饭。

阿超端起饭碗，心中一阵烦躁，把碗一放，站起身说：

"你们吃，我不饿！我还是劈柴去！"说完，转身就回到后院去了。

雨凤和云飞面面相觑，小三小四小五惊奇不已。劈柴的声音一下一下地传来。

"他哪里找来这么多的柴？劈不完吗？"云飞问。

"他劈完了，就跑出去买！已经买了三趟，大概把这附近所有的柴火都买来了！"小三说。

雨凤不解，看雨鹃：

"他发疯了吗？今天是'劈柴日'，还是怎么的？"

雨鹃把饭碗往桌上一放，站起身来，眼圈一红，哽咽地说：

"他跟我怄气，不能劈我，只好劈柴！我也不吃了！"

"他为什么跟你怄气呢？"雨凤惊问。

雨鹃大声地喊：

"因为我告诉他，我已经决定嫁郑老板了！"喊完，就奔进卧室去了。

满屋子的人，全体呆住了。大家你看我，我看你。雨凤就跳起身子，追着雨鹃跑进去，她一把拉住她，急急地、激动地问：

"什么叫作你已经决定嫁给郑老板了？你为什么这样骗他？"

"我没有骗他，我真的决定了！"雨鹃瞪大眼，痛楚地说。

"为什么？你不是爱阿超吗？"

"爱一个人并不一定要嫁这个人！"

"你这说的是什么话？怎么回事？你为什么突然做这样的决定？阿超得罪你了吗？你们闹别扭了吗？"雨凤好着急。

"没有！我们没有闹别扭，我也不是负气，我已经想了好多天了，才做的决定！就是这样了，我放弃阿超，决定嫁郑老板！"

雨凤越听越急，气急败坏：

"你不要傻！婚姻是终身的事，那个郑老板已经有好多太太了，还有一个金银花！这么复杂，你根本应付不了的！阿超对你是真心真意的，你这样选择，会让我们大家都太失望、太难过了！不可以！雨鹃，真的不可以！我不同意！我想，小三小四小五都不会同意，你赶快打消这个念头吧！"

"婚姻是我自己的事，你们谁也管不着我！"

"你不是真心要嫁郑老板，你一定有什么原因！"雨凤绕室徘徊，想了想，"我知道了，你还是为了报仇！你看到阿超和慕白从展家回来，没有杀掉展夜枭，你就不平衡了！你认为，只有郑老板才能报这个仇！"

雨鹃垂着眼睑，僵硬地回答：

"或者吧！"

雨凤往她面前一站，盯着她的眼睛，仔细看了她片刻，体会出来了，哑声地说：

"我懂了！你想保护我们大家！你怕再得罪一个郑老板，我们大家就无路可走了，是不是？那天你去待月楼辞掉工作，金银花一定跟你说了什么。如果你想牺牲自己，来保护我们，你就大错特错了！你想，你做这样痛苦的选择，我们六个人，还能安心过日子吗？"

雨鹃被说中心事，头一撇，掉头就去看窗子，冷冷地说：

"不要乱猜，根本不是这样！我只是受够了，我不想再过这种苦日子，郑老板可以给我荣华富贵，我就是要荣华富贵！你们谁也别劝我，生命是我自己的，婚姻更是我自己的！我高兴嫁谁就嫁谁！"

雨凤瞪着她，难过极了，闷掉了。

这天晚上，家里没有人笑得出来，小三小四小五都在生气。雨鹃闭门不出，云飞和雨凤相对无言。而阿超，居然劈了一整夜的柴。

第二天，雨鹃和郑老板，在待月楼的后台见面了。

金银花放下茶，满面春风地对郑老板和雨鹃一笑，说：

"你们慢慢谈，我已经关照过了，没有人会来打搅你们的！"

郑老板对金银花微微一笑，金银花就转身出去了。

雨鹃坐在椅子里，十分局促，手脚都不知道该往哪儿放，一副心事重重的样子。郑老板眼光深沉而锐利地看着她。

"你都考虑好了？答案怎样？是愿意还是不愿意？"他开门见山地问。

雨鹃抬眼看他，真是愁肠百结：

"如果我跟了你，你会照顾我们全家，包括慕白在内？慕白为了雨凤，已经被展祖望赶出大门，断绝了父子关系，他现在是苏慕白，不是展云飞了！你会保护他们，是不是？你不会让展夜枭再欺负他们，是不是？"她问。

郑老板仔细看她，眼神深邃而锐利：

"哦？展祖望和云飞断绝了父子关系？"

雨鹃点头。

郑老板就郑重地承诺了：

"是！我会保护他们，照顾他们！绝对不让展家再伤害他们！至于展夜枭，我知道你的心事，我们慢慢处理，一定让你满意！"

"那么，你答应了我？"她盯着他。

"我答应了你！"他也盯着她。

雨鹃眼泪掉落下来，哽咽地说：

"那么，我也答应了你！"

郑老板用手托起她的下巴，深深地注视着她的眼睛。那炯炯的眸子，似乎要穿透她，看进她灵魂深处去。

"你是第一个答应嫁我，却在掉眼泪的女人！"他沉吟地说。

她把头一歪，挣脱了他的手，要擦眼泪，眼泪却掉得更多了。

他静静地看着她，很从容地问：

"你为什么答应嫁我？你喜欢我吗？"

她擦擦泪，整理着自己零乱的思绪，说：

"我很喜欢你，自从认识你，就很崇拜你，尊敬你，觉得你很了不起，是个英雄，是个'人物'！真的！"

郑老板深为动容，更加深思起来：

"你说得很好听！"他忽然神色一正："好吧！告诉我，你心里是不是已经有别人了？那个人是谁？"

雨鹃一惊：

"我没有说……我心里有别人……"

他沉着地看着她，冷静地问：

"和雨凤一样，你们都喜欢了同一个人，是不是？"

"不是不是，绝对不是！"她急忙喊。

"那么，是谁？"他盯着她，"不要告诉我根本没有这个人，我不喜欢被欺骗！我对于我要娶的女人，一定要弄得清清楚楚！说吧！"

她摇摇头，不敢说。他命令地：

"说吧！不用怕我！我眼里的雨鹃是天不怕地不怕的！"

"现在的我不是这样，现在的我怕很多东西！"

"也怕我？"

"是。"

他看了她好一会儿，温和地说：

"不用怕我，说吧！"

她不得不说了，嗫嚅片刻，才说出口：

"是……是……是阿超！"

他一个震动，满脸的恍然大悟。好半天，他都没有说话。然后，他站起身，在室内来回踱步，不住地看她，深思着。

她有点着急，有点害怕，后悔自己说出口，轻声地说：

"你不能对他不利，他已经是我们家的一分子，你答应要保护我的家人，就包括他在内！"

他停在她面前，双眼灼灼有神，凝视着她：

"你刚刚说你崇拜我、尊敬我，说我是个'英雄''人物'什么的！说得我心里好舒服。你想，我被你这样'尊敬'着，我还能夺人所爱吗？"

她震动极了，抬起头来，睁大眼睛看着他，简直不相信自己听到的。

他微笑起来：

"我真的好喜欢你，好想把你娶回家当老婆，但是，我不能娶一个心里有别人的女人，我有三个老婆，她们心里都只有我！我喜欢这种'唯一'的感觉！既然如此，我的提议就作罢了！"

她的眼睛睁得更大了，不知道他有没有生气，怀疑地看着他：

"你……你……生气了？"

他哈哈大笑了：

"你放心！那么容易生气，还算什么男人！至于我承诺你的那些保护，那些照顾，也一定实行！你和雨凤，在待月楼唱了这么久的曲，我早就把你们当成自己人，谁要招惹你们，就是招惹我！你们的事，我是管定了！"

雨鹃喜出望外，喊：

"真的？你不会气我？不会对我们不利……"

他眉头一皱，沉声说：

"你以为，每个人都是展云翔吗？"

她大喜，眼泪又涌出眼眶。他摇摇头：

"这么爱哭，真不像我认识的雨鹃！让我坦白告诉你吧，今天早上，你那个阿超来找我，对我说，要娶你，应该弄清楚你真正爱的是谁！否则，搞不好你睡梦里，会叫别人的名字！撂下这句话，人就走了！我当时还真有点糊涂，现在，全明白了！你回去告诉他，我敬他是条汉子，敢来对我说这句话，所以把你让给他了！将来他如果让你受委屈，我一定不饶他！"

雨鹃惊愕极了，看着他，小小声地问：

“他来找过你？”

“是啊！当时，我还以为他是为展云飞来出头呢！”

她惊喜地凝视他。半晌，才激动地跳起身，对他一躬到地，大喊：

“我就知道你好伟大！是个英雄，是个人物！谢谢你成全！”

他看着欣喜如狂的她，虽然若有所失，却潇洒地笑了：

“好说好说！大帽子扣得我动都动不了！想想我比你大了二十几岁，当不成夫妻，就收你们两个做干女儿吧！”

雨鹃心服口服，立刻往他面前一跪，大声喊：

“干爹！我会永远感激你，孝顺你！”

“这声干爹，倒叫得挺干脆！”他笑着说。忽然，脸色一正，神态变得严肃了：“现在，好好地坐下来，把你们为什么匆匆忙忙搬家，受了什么委屈，现在是什么情况，雨凤和云飞，你和阿超，以后预备怎么办，所有的事情，都跟我仔细说说！把我当成真正的自己人吧！”

她又是感激，又是感动，心悦诚服地回答：

“是！”

和郑老板见完面，雨鹃骑着脚踏车，飞快地回到家里。停好车子，她从花园里直奔进客厅，大声地喊：

“阿超！阿超……阿超……你给我出来！我有话问你！”

全家人都惊动了，大家都跑了出来，阿超跟在最后面，一副爱理不理的样子。雨鹃就一直冲到他面前站住，故意鼓着腮帮子，气呼呼地嚷：

"你早上出去干了什么好事？你说！"

阿超恨恨地回答：

"我干什么事要跟你报备吗？你管不着！"

雨鹃瞪大眼，对他大喊：

"什么叫我管不着？如果你这样说，以后，我就什么事都不管你，你别后悔！"

"奇怪了，以后，我还要劳驾你郑家三姨太来管我，我是犯贱还是有病？你放心，我还不至于那么没出息！"阿超越想越气，大声说。

雨鹃的眼睛瞪得更大，骂着说：

"什么郑家三姨太？郑家三姨太已经被你破坏得干干净净了！你跑去跟人家说，要人家弄清楚我心里有谁，免得娶回去夜里做梦，叫别人的名字！你好大胆子！好有把握！你怎么知道我夜里会叫别人的名字？你说你说！"

云飞大惊，看阿超，问：

"你去找了郑老板？"

阿超气呼呼地瞪大眼，咬牙说：

"我找了！怎么样？我说了！怎么样？毙了我吗？"

雨鹃目不转睛地盯着他：

"你找了，你说了！你就要负责任！"

阿超气极了，一挺背脊：

"负什么责任？怎么负责任？反正话是我说的，你要怎么样？"

雨鹃不忍再逗他了，挑着眉毛，带着笑大喊：

"现在人家不要我了，三姨太也当不成了，你再不负我的责任，谁负？我现在只好赖定你了！"

阿超听得糊里糊涂，一时间，还弄不清楚状况，愕然地说：

"啊？"

雨凤听出名堂来了，奔过去抓住雨鹃的手，摇着，叫着：

"你不嫁郑老板了，是不是？你跟郑老板谈过了，他怎么说？难道他放过了你？赶快告诉我们是怎么回事，别卖关子了！"

雨鹃又是笑又含泪，指着阿超，对雨凤和云飞说：

"这个疯子把我的底牌都掀了，人家郑老板是何等人物，还会要一个另有所爱的女人吗？所以，郑老板要我告诉阿超，他不要我了，他把我让给他了！"

雨凤还来不及说话，小三跑过去抱住雨鹃，大声地欢呼：

"万岁！"

小五跟着跑过去，也抱着雨鹃大叫：

"万万岁！"

云飞笑了，一巴掌拍在阿超肩上。

"阿超，发什么愣？你没话可说吗？"

阿超瞪着雨鹃，看了好一会儿，忽然，一掉头就对后院冲去。

"他去哪里？"雨凤惊愕地问。

后院，传来一声声劈柴的声音。

云飞又好气，又好笑，说：

"这个疯子，失意的时候要劈柴，得意的时候也要劈柴，以后，我们家里的柴，大概用几辈子都用不完！"

"他这种表达感情的方式，你怎么受得了？"雨凤笑着看雨鹃。

雨鹃笑了，追着阿超，奔进后院去。后院，已经有了堆积如山的木柴。

阿超还在那儿劈柴，一面劈，一面情不自禁地傻笑。她站住，瞅着他。

"人家生气，都关着房门生闷气。你生气，劈了一夜的柴，闹得要死！人家高兴，总会说几句好听的，你又在这儿劈柴，还是闹得要死！你怎么跟别人都不一样？"她问。

他把斧头一丢，转身把她一把抱住：

"都跟别人一样，你干吗单单喜欢我？"

她急忙挣扎：

"你做什么？等会儿给小三小四小五看见！多不好意思，赶快放手！"

"管他好不好意思，顾不得了！"他抱紧她，不肯松手。

小三小四和小五早就站在房间通后院的门口看，这时，大家笑嘻嘻地齐声念：

"阿超哥，骑白马，一骑骑到丈人家，大姨子扯，二姨子拉，拉拉扯扯忙坐下，风吹帘，看见了她，白白的牙儿黑头发，歪歪地戴朵玫瑰花，罢罢罢，回家卖田卖地，娶了她吧！"

阿超放开雨鹃，对三个孩子大吼一声：

"你们没事做吗？"

小三小四小五笑成一团。

雨鹃笑了，阿超笑了，站在窗口看的雨凤和云飞也笑了。

这天晚上，几个小的睡着了，雨凤、云飞、雨鹃、阿超还在灯下谈心。

雨鹃看着大家，带着一脸的感动，正经地说：

"今天，我和郑老板谈了很多，我把什么事都告诉他了。我现在才知道真正做大事业的人，是怎样的。不是比权势，而是比胸襟！'城北'和'城南'真的不可同日而语！"说着，看了云飞一眼："抱歉！不得不说！"

云飞苦笑：

"不用跟我抱歉，'城南'和我一点关系都没有，我姓苏！"

雨鹃看着雨凤，又继续说：

"郑老板说，我们姊妹两个，在待月楼唱了这么久的歌，等于是自己人了。他知道你要和慕白结婚，马上把金银花找来，翻着黄历帮你们挑日子！最接近的好日子是下个月初六！郑老板问你们两个的意思怎样？因为我们现在没娘家，郑老板说，待月楼就是娘家，要把你从待月楼嫁出去，他说，所有费用是他的，要给你一个风风光光的婚礼！白天迎娶，晚上，他要你们'脱俗'一下，新郎新娘全体出席，在待月楼大宴宾客！"

雨凤怔着，云飞一阵愕然。

"这样好吗？"云飞看雨凤，"我们会不会欠下一个大人情？将来用什么还？"

"郑老板说了，雨凤既然嫁到苏家，和展家无关！"雨鹃接口，看云飞，"他希望你不要见外！他说，我们受了很多委屈，结婚，不能再委屈了！"

雨凤看雨鹃：

"那么你呢？要不然，我们就同一天结婚好了！难道还要办两次？"

阿超急忙说：

"不不不！我跟雨鹃马马虎虎就好了！选一个日子，拜一下堂就结了，千万不要同一天！雨鹃是妹妹，你是姊姊，不一样！"

雨鹃瞪了阿超一眼：

"我看，我们干脆连拜堂都免了吧！多麻烦！"

"是啊，这样最好……"阿超看到雨鹃脸色不对，慌忙改口，"那……你要怎样？也要吹吹打打吗？"

"那当然！"雨鹃大声说，"一辈子就这么一次，可以坐花轿，吹吹打打，热热闹闹，我连和雨凤同一天都觉得不过瘾，我就要办两次！"

"我累了！"阿超抓抓头。

雨鹃一笑，看向雨凤：

"我本来也说办一次，郑老板和金银花都说不好，又不是外国，办集团结婚！我也觉得，你们两个，应该有一个单独而盛大的婚礼，主要是让桐城'南南北北'，都知道你们结婚了！郑老板还说，不能因为慕白离开了展家，就让婚礼逊色了！一定要办得风风光光，有声有色。所以，我就晚一点吧！何况，这个阿超，我看他对我挺没耐心的，我要不要嫁，还是一个问题！"

"我真的累了！"阿超叽咕着。

雨凤心动了，看云飞：

"你怎么说呢？觉得不好吗？我以你的意见为意见！"

云飞深深地看雨凤，看了半晌，郑重地一点头：

"人家为我们想得如此周到，我的处境，你的名誉，都考虑进去了！我还有什么话可说？就这么办吧！"

雨鹃高兴地笑开了：

"好了，要办喜事了！我们明天起，就要把这个房子，整理整理，布置布置，要做新房，总要弄得像样一点！阿超，我们恐怕有一大堆事要忙呢！"

阿超对雨鹃笑，此时此刻，对雨鹃是真的心悦诚服，又敬又爱，大声地说：

"你交代，我做事，就对了！"

云飞和雨凤相对凝视，都有"终于有这一天"的感觉，幸福已经握在手里了。两人唇边，都漾起一个"有些辛酸，无限甜蜜"的微笑。雨凤把手伸给云飞，云飞就紧紧地握住了。

23

　　这天，梦娴带着齐妈，还有一大车的衣服器皿，食物药材，来到云飞那塘口的新家。最让云飞和萧家姊妹意外的，是还有一个人同来，那人竟是天虹！

　　云飞和雨凤双双奔到门口来迎接，云飞看着母亲，激动不已，看到天虹，惊奇不已，一迭连声地说：

　　"真是太意外了！天虹，你怎么也来了？"

　　"我知道大娘要来看你们，就苦苦哀求她带我来，她没办法，只好带我来了！"天虹说，眼光不由自主地看向雨凤。

　　"伯母！"雨凤忙对梦娴行礼。

　　云飞介绍着：

　　"雨凤，这就是天虹！"又对天虹说："这是雨凤！"

　　天虹和雨凤，彼此深深地看了一眼。这一眼，只有她们两个，才知道里面有多少的含意，超过了语言，超过了任何交会。

大家进到客厅，客厅里已经布置得喜气洋洋。所有的墙角，都挂着红色的彩球，所有的窗棂，都挂满彩带。到处悬着红色的剪纸，贴着"囍"字，梦娴和天虹看着，不能不深刻地感染了那份喜气。

雨鹃带着两个妹妹忙着奉茶。

大家一坐定，云飞就忍不住，急急地说：

"娘！你来得正好！我和雨凤，下个月初六结婚。新房就在这里，待月楼算是雨凤的娘家，我去待月楼迎娶。我希望，你能够来一趟，让我们拜见高堂。"

梦娴震动极了：

"初六结婚？太好了！"她看着两人问："我可以来吗？"

"娘！你说的什么话？"

"我看到你们门口，挂着'苏寓'的牌子，不知道你们要不要我来？"

云飞激动地说：

"不管我姓什么，你都是我的娘！你如果不来，我和雨凤都会很难过很失望，我们全心全意祈求你来！我就怕你有顾虑，不愿意来！或者，有人不让你来！"

"不管别人让不让我来，儿子总是儿子！媳妇总是媳妇！"

雨凤听到梦娴这样一说，眼眶里立刻盛满了泪，对梦娴歉然地说：

"我好抱歉，把状况弄得这么复杂！我知道，一个有教养的媳妇，绝对不应该造成丈夫跟家庭的对立，可是，我就造成了！不知道是天意，还是命运，我注定是个不孝的媳妇！

请您原谅我！"

梦娴把她的手紧紧一握，热情奔放地喊：

"雨凤！别这样说，你已经够苦了！想到你的种种委屈，我心疼都来不及，你还这样说！"

雨凤一听，眼泪就落了下来。雨凤一落泪，梦娴就跟着落泪了。她们两个这样一落泪，云飞、齐妈、天虹、雨鹃都感动得一塌糊涂。

这时，阿超走进来，说：

"东西搬完了！嗬，那么多，够我们吃一年，用一年！"

云飞就对梦娴正色地说：

"娘，以后不要再给我送东西来，已经被赶出家门，不能再用家里的东西，免得别人说闲话！"

梦娴几乎是哀恳地看着他：

"你有你的骄傲，我有我的情不自禁呀！"

云飞无话了。

天虹看到阿超进来，就站起身子，对云飞和阿超深深一鞠躬：

"云飞，阿超，我特地来道谢！谢谢你们那天的仁慈！"她看雨凤，看雨鹃，忽然对大家跪下，诚挚已极地说："今天，我是一个不速之客，带着一百万个歉意和谢意来这里！我知道自己可能不受欢迎，可是，不来一趟，我睡都睡不安稳……"

雨凤大惊失色，急忙喊：

"起来，请起来！你是有喜的人，不要跪！"

云飞也急喊：

"天虹，这是干吗？你不需要为别人的过失，动不动就下跪道歉！"

雨鹃忍不住插嘴了：

"我听阿超说过你怎样冒险救他，你的名字，在我们这儿，老早就是个熟悉的名字了！今天，展夜枭的太太来我家，我会倒茶给你喝，把你当成朋友，是因为……所有'受害人'里，可能，你是最大的一个！"

天虹一个震动，深深地看了雨鹃一眼，低低地说：

"你们已经这么了解了，我相信，我要说的话，你们也都体会了！我不敢要求你们放下所有的仇恨，只希望，给他一个改过迁善的机会！以后，大家碰面的机会还很多……"她转头看云飞，看阿超："还要请你们慈悲为怀！"

云飞叹了口气：

"天虹，你放心吧！只要他不再犯我们，我们也不会犯他了！你起来吧，好不好？"

齐妈走过去，扶起她。云飞看着她：

"我一直有一个疑问，非问你不可，他怎么会伤得那么严重？"

"哪有什么伤，那是骗爹的！"天虹坦白地回答。

"我就说有诈吧！那天，应该把他的绷带撕开的！"阿超击掌。

"总之，过去了，也就算了！天虹，你自己好好照顾自己吧！"云飞说。

天虹点点头，转眼看雨凤，忽然问：

"我可不可以单独跟你谈几句话？"

雨凤好惊讶：

"当然可以！"

雨凤就带着天虹走进卧室。

房门一关，两个女人就深深互视，彼此打量。然后，天虹就好诚恳好诚恳地说：

"我老早就想见你一面，一直没有机会。我出门不容易，今天见这一面，再见不知道是什么时候了！有一句心里的话，要跟你说！"

"请说！"

天虹的眼光诚挚温柔，声音真切，字字句句，充满感情：

"雨凤，你嫁了一个世界上最好的男人，他值得你终身付出，值得你依赖，你好好好珍惜啊！"

"我会的！"雨凤十分震动，她盯着天虹，见她温婉美丽，高雅脱俗，不禁看呆了，"我听阿超说……"她停住，觉得有些碍口，改变了原先要说的话，"你们几个，是从小一块儿长大的……"

"阿超说，我喜欢云飞？"天虹坦率地接了口。

雨凤一怔，不知道该如何回答。

"不错！我好喜欢他！"天虹说，"我对他的感情，在展家不是秘密，几乎尽人皆知！今天坦白告诉你，只因为我好羡慕你！诚心诚意地恭喜你！他的一生，为感情受够了苦，我好高兴，这些苦难终于结束了！好高兴他在人海中寻寻觅觅，终于找到了你！我想，我大概没有办法参加你们的婚礼，所以，请你接受我最诚恳的祝福！"

雨凤又惊讶，又感动，不能不用另一种眼光看她：

"谢谢你！"

"如果是正常状态，我们算是妯娌。但是，现在，我是你们仇人的老婆！这种关系一天不结束，我们就不能往来。所以，虽然是第一次见面，我也不怕你笑我，我就把内心深处的话，全体说出来了！雨凤，好好爱他，好好照顾他，他在感情上，其实是很脆弱的！"

雨凤震撼极了，深深地凝视着她：

"你今天来对我说这些，我知道你鼓了多大的勇气，知道你来这一趟，有多么艰难！我更加知道，你爱他，有多么深刻！我不会辜负你的托付，不会让你白跑这一趟！慕白每次提到你，都会叹气，充满了担忧和无可奈何！你也要为了我们大家，照顾自己！你放心，不管我们多恨那个人，恨到什么程度，我们已经学会不再迁怒别人，你瞧，我连慕白都肯嫁了，不是吗？"

天虹点头，仔细看雨凤。雨凤忍不住，也仔细看天虹。两个女人之间，有种奇异的感情在流转。

"雨凤，我再说一句话，不知道你会不会把我当成疯子？"

"你尽管说！"

天虹眼中闪耀着光彩和期待，带着一种梦似的温柔，说：

"若干年以后，会不会有这样一天？云翔已经改头换面，重新做人！云飞和他，兄弟团圆。你，带着你的孩子，我，带着我的孩子，孩子们在花园里一起玩着，我们在一起喝茶聊天，我们可以回忆很多事！可以笑谈今日的一切！"

雨凤看了她好一会儿：

"你这个想法，确实有一点天真！因为那个人，在我们姊妹身上，犯下最不可原谅的错！几乎断绝了所有和解的可能！你说'改头换面'，那是你的梦。不过……慕白在《生命之歌》里写了一句话：'人生因为有爱，才变得美丽。人生因为有梦，才变得有希望。'我们，或者可以有这样的梦吧！"

天虹热切地看她，低喊着：

"我没有白来这一趟，我没有白认识你！让我们两个，为我们的下一代，努力让这个梦变为真实吧！"

雨凤不说话，带着巨大的震撼和巨大的感动，凝视着她。

当梦娴、齐妈、天虹离去以后，云飞实在按捺不住，好奇地问雨凤：

"你和天虹，关着房门，说些什么？"

"那是两个女人之间的谈话，不能告诉你！"

"哦？天虹骂我了吗？"

"你明知道天虹不会骂你，她那么崇拜你，你是她心目中最完美的偶像，她赞美你都来不及，怎么会骂你呢？"

"她赞美我吗？她说什么？"云飞更好奇。

雨凤看了他好一会儿，没说话。他感觉有点奇怪：

"怎么了？为什么用这样的眼光看我？"

"你跟我说了映华的故事，为什么没有说天虹？"

"天虹是云翔的太太，没有什么好说的！"

"我觉得有点担心了。"她低低地说。

"担心什么?"

"从跟你交往以来,我都很自信,觉得自己挺了不起似的!后来听到映华的故事,知道在你生命里,曾有一个那样刻骨铭心的女人,让我深深地受到震撼。现在看到天虹,这么温婉动人,对你赞不绝口……我又震撼了!"她注视他,"你怎会让她从你生命里滑过去,让她嫁给别人,而没有把握住她?"

他认真地想了想,说:

"天虹对我的好,我不是没有感觉,起先,她对我而言,太小!后来,映华占去我整颗心,然后,我离家出走,一去四年,她和我来不及发生任何故事,就这样擦肩而过……我想,上天一定对我的际遇,另有安排。大概都是因为你吧!"

"我?"她惊愕地说,"我才认识你多久,怎么会影响到你以前的感情生活?"

"虽然我还没有遇到你,你却早已存在了!老天对我说,我必须等你长大,不能随便留情。我就这样等到今天,把好多机会,都一个个地错过了!"

"好多机会?你生命里还有其他的女人吗?你在南方的时候,有别的女人爱死你吗?"雨凤越听越惊。

他把她轻轻拥住。

"事实上,确实有。"

"哦?"

他对她微微一笑:

"好喜欢看你吃醋的样子!"他收起笑:"不开玩笑了!你问我天虹的事,我应该坦白答复你。天虹,是我辜负了她!如果我早知道我的辜负,会造成她嫁给云翔,造成她这么不幸的生活,当初,我大概会做其他的选择吧!总之,人没有办法战胜命运。她像是一个命定的悲剧,每次想到她的未来,我都会不寒而栗!幸好,她现在有孩子了,为了这个孩子,她变得又勇敢又坚强,她的难关大概已经渡过了!母爱,实在是一件好神奇、好伟大的东西!"

雨凤好感动,依偎着他:

"虽然我恨死了展夜枭,可是,我却好喜欢天虹!我希望展夜枭不幸,却希望天虹幸福,实在太矛盾了!"

云飞点头不语,深有同感。

雨凤想着天虹的"梦",心里深深叹息。可怜的天虹,那个"梦",实在太难太难实现了。怪不得有"痴人说梦"这种成语,天虹,她真的是个"痴人"。

天虹并不知道,她去了一趟"塘口",家里已经是"山雨欲来风满楼"了。

原来,云翔这一阵子,心情实在烂透了。在家里装病装得快要真病了,憋得快要死掉了。这天,好不容易,总算"病好了",就穿了一件簇新的长袍,把头发梳得整整齐齐,兴冲冲准备出门去,谁知到了大门口,就被老罗拦住了:

"老爷交代,二少爷伤势还没全好,不能出门!"

云翔烦躁地挥挥手:

"我没事啦！都好了，你看！"他又动手又动脚："哪儿有伤？好得很！你别拦着我的路，我快闷死了，出去走走！"

老罗没让，阿文过来了：

"二少爷，你还是回房休息吧！纪总管交代，要咱们保护着你！"

云翔抬眼一看，随从家丁们在面前站了一大排。他知道被软禁了，又气又无奈，跺着脚大骂：

"什么名堂嘛，简直小题大做，气死我了！"

他恨恨地折回房间，毛焦火辣地大呼小叫：

"天虹！天虹！天虹……死到哪里去了？"

丫头锦绣奔来：

"二少奶奶和太太一起去庙里上香了！她说很快就会回来！"

他一听，更是气不打一处来：

"和太太一起去的吗？"

"还有齐妈。"锦绣说。

"好了，知道了，出去吧！"

锦绣一出门，云翔就一脚对桌子踹去，差点把桌子踹翻：

"什么意思嘛！谁是她婆婆，永远弄不清楚！"他一屁股坐在桌前，生闷气："居然软禁我！纪总管，你给我记着！总有一天，连你一起算账……"

门外，有轻轻的敲门声。丫头小莲捧着一个布包袱，走了进来，一副讨好的、神秘的样子，对他说：

"我找到一件东西，不知道该不该拿给二少爷看，也不知道该不该跟二少爷说！"

"什么事情鬼鬼祟祟？要说就说！"他没好气地嚷。

"今天，纪总管要我去大少爷房里，找找看有没有什么留下的单据账本……所以，太太她们出去以后，我就去了大少爷房里，结果，别的东西没找着，倒找到了这个……"她举举手里的包袱，"我想，这个不能拿去给纪总管看，就拿到您这儿来了……"

"什么东西？"云翔疑云顿起。

小莲打开包袱：

"是二少奶奶的披风，丢了好一阵子了！"

云翔一个箭步上前，抓起那件披风。是的，这是天虹的披风！他瞪大了眼睛看那件披风：

"天虹的披风！天虹的披风！居然在云飞房里！"他仰天大叫："啊……"

小莲吓得踉跄后退。

天虹完全不知道，家里有一场暴风雨正等着她。她从塘口那个温馨的小天地，回到家里时，心里还涨满了感动和酸楚。一进大门，老罗就急匆匆地报告：

"二少奶奶，二少爷正到处找你呢！不知道干什么，急得不得了！"

天虹一听，丢下梦娴和齐妈，就急急忙忙进房来。

云翔阴沉沉地坐在桌子旁边，眼睛直直地瞪着房门口，看到她进来，那眼光就像两把锐利冰冷的利剑，对她直刺过来。她被这样的眼光逼得一退，慌张地说：

"对不起，上完香，陪大娘散散步，回来晚了！"

"你们去哪一个庙里上香？"他阴恻恻地问。

她没料到有此一问，就有些紧张起来：

"就是……就是常去的那个'碧云寺'。"

"碧云寺？怎么锦绣说是观音庙？"他提高了声音。

她一怔，张口结舌地说：

"观音庙？是……本来要去观音庙，后来……大娘说想去碧云寺，就……去了碧云寺。"

他瞪着她，突然之间，砰的一声，在桌上重重一击：

"你为什么吞吞吐吐？你到底去了哪里？你老老实实告诉我！"

她吓了一大跳，又是心虚，又是害怕，勉强地解释：

"我跟大娘出去，能去哪里？你为什么要这样？"

他跳起身子，冲到她面前，大吼：

"大娘！大娘！你口口声声的大娘！你的婆婆不是'大娘'，是'小娘'！你一天到晚，不去我娘面前孝顺孝顺，跟着别人的娘转来转去！你是哪一根筋不对？还是故意要气我？"他伸手一把抓住她的手腕，压低声音，阴沉地问："你去了哪里？"

"就是碧云寺嘛，你不信去问大娘！"

"还是'大娘'！你那个'大娘'当然帮着你！你们一条阵线，联合起来给我戴绿帽子，是不是？大娘掩饰你，让你去跟云飞私会，是不是？"

天虹大惊失色：

"你怎么可以说得这么难听？想得这么下流？你把我看成什么了？把'大娘'看成什么了？经过了这么多事情，你还说这种话，存着这种念头，将来，你让咱们的孩子怎么做人？"

"哦？你又抬出孩子来了！"他怪叫着，"自从怀了这个孩子，你就不可一世了！动不动就把孩子搬出来！孩子！孩子！"他对着她的脸大吼："是谁的孩子，还搞不清楚！上次我抓到你跟云飞在一起，就知道有问题，给你们一阵狡赖给唬弄过去，现在，我绝对不会饶过你！你先说，今天去了哪里？"

"你又来了！你放开我！"她开始挣扎。

"放开你，让你好跑回娘家去求救吗？"他摇头，冷笑，"嘿嘿！我不会再犯同样的错误了！"

她着急，哀求地看着他：

"我没有对不起你！我没有做任何不守妇道的事，你一定要相信我！"

"你满嘴谎言，我为什么要相信你？老实告诉你，碧云寺，观音庙，天竺寺，兰若寺……我都叫锦绣和小莲去找过了！你们什么庙都没去过！"就对着她的脸大声一吼，"你是不是去见云飞了？你再不说，我就动手了！"

她害怕极了，逼不得已，招了：

"我是去看了云飞，但是，不是你想的那样……"

云翔一听此话，顿时怒发如狂，用力把她一摔，撕裂般地吼着：

"果然如此！果然如此！我已经变成全天下的笑话了！整个展家，大概只有我一个人还蒙在鼓里！你们居然如此明目张胆，简直不要脸！"

"我是去谢谢云飞和阿超，那天对你的宽容！我怕以后，你们免不了还会见面，希望他们答应我，不跟你为敌……"她急忙解释。

云翔听了，仰天狂笑：

"哈哈哈哈！说得真好听，原来都是为了我，去谢他们不杀之恩！去求他们手下留情！你以为我的生死大权，真的握在他们手里！好好好！就算我是白痴，脑袋瓜子有问题，会相信你这一套！那么，这是什么？"他打开抽屉，拿出那件披风，送到她的鼻子前面去："你的披风，怎么会在云飞房里？"

她看着披风，有点迷惑。想了想，才想起来，这是救阿超那天，给阿超披的。但是，这话不能说！说了，他会把她杀死！她惊惶地抬头看他，只见他眼中，杀气腾腾，顿时明白了，无论自己怎么解释，也解释不清了。于是，她跳起身子，就往门外逃。她这一逃，更加坐实了他的推断。他飞快地上前，喀啦一声，把房门锁上了。两眼锐利如刀，寒冷如冰，身子向她逼近：

"我看你再往哪里逃？你这样不知羞耻，把我玩得团团转！和大娘她们结为一党，做些见不得人的事！你卑鄙、下流！你太可恶了！"

天虹看他逼过来，就一直退，退到屋角，退无可退。她看到他眼里的凶光，害怕极了，扑通一声，跪下了。仰着脸，含着泪，发着抖说：

"云翔，我知道无论我怎么解释，你都不会相信我！虽然我清清白白，天地可表！但是，你的内心，已经给我定了罪，我百口莫辩！现在，我不敢求你看在我的面子上，请看在我爹、我哥的面子上，放我一条生路！"她用双手护着肚子："请你不要伤害孩子，我要他！我爱他……"

"真奇怪，你明明恨我，却这么爱这个孩子，为了他，你可以一再求我，下跪、磕头，无所不用其极！你这么爱这个孩子？啊？"他喊着，感到绿云罩顶，已经再无疑问了，心里的怒火，就熊熊地燃烧起来。

天虹泪流满面了：

"是！我的生命，一点价值都没有，死不足惜！但是，孩子，是你的骨肉啊！"

他突然爆发出一声撕裂般的狂叫：

"啊……我的骨肉！你还敢说这是我的骨肉！啊……"

他一面狂叫着，一面对她飞扑而下。她魂飞魄散，惨叫着：

"救命啊……"

她一把推开他，想逃，却哪里逃得掉？他涨红了脸，眼睛血红，额上青筋暴露，扑过来抓住她，就一阵疯狂地摇晃，继而拳打脚踢。她把自己缩成了一团，努力试着保护肚子里的胎儿，嘴里惨烈地哀号：

"爹……救命啊……救命啊……"

门外，祖望、纪总管、品慧、天尧、梦娴、齐妈……听到声音，分别从各个角落，飞奔而来。品慧尖声喊着：

"云翔！你别发疯啊！天虹肚子里，有我们展家的命根啊！你千万不要伤到她呀……"

天虹听到有人来了，就哭号着，大喊：

"爹……救命啊！救命啊……"

门外，纪总管脸色惨白，扑在门上狂喊：

"云翔！你开门！请你千万不要伤害天虹……我求求你了……"

天尧用肩膀撞门，喊着：

"天虹！保护你自己，我们来了！"

天尧撞不开门，急死了。祖望回头对家丁们吼：

"快把房门撞开！一起来！快！"

家丁们便冲上前去，合力撞门，房门砰然而开。

大家冲进门去，只见一屋子零乱，茶几倒了，花瓶茶杯，碎了一地。天虹蜷缩在一堆碎片之中，像个虾子一般，拼命用手抱着肚子。云翔伸着脚，还在往她身上踢。天尧一看，目眦尽裂，大吼：

"啊……你这个混蛋！"

天尧扑过去，一拳打倒了云翔。云翔倒在地上喘气，天尧骑在他身上，用手勒住他的脖子，愤恨已极，大叫：

"我掐死你！我掐死你……"

品慧扑过去摇着天尧，尖叫：

"天尧！放手呀！你要勒死他了……"

纪总管冲到天虹身边，弯腰抱起她，只见她的脸色，雪白如纸，而裙摆上，是一片殷红。纪总管心胆俱裂，魂飞魄散。天虹还睁着一对惊恐至极的眼睛，看着他，衰弱地、小小声地、伤心地说：

"爹……孩子恐怕伤到了……"

纪总管心如刀绞，老泪一掉：

"我带你回家，马上请大夫！说不定……保得住……"他回头看天尧，急喊："天尧！还不去请大夫……"

天尧放掉云翔，一跃而起：

"我去请大夫！我去请大夫……"他飞奔而去。

祖望跌跌冲冲地走上前去看天虹：

"天虹怎样……"

纪总管身子急急一退，怨恨地看了祖望一眼：

"我的女儿，我带走了！不用你们费心！"

梦娴忍不住上前，对纪总管急切地说：

"抱到我屋里去吧！我屋比较近！"

纪总管再一退：

"不用！我带走！"

齐妈往前迈了一步，拦住纪总管，着急地说：

"纪总管，冷静一点，你家里没有女眷，现在，天虹小姐一定动了胎气，需要女人来照顾啊！你相信太太和老齐妈吧！"

纪总管一怔，心中酸楚，点了点头，就抱着天虹，一步一步地往梦娴房走，眼泪不停地掉。

那天，天虹失去了她的孩子。

当大夫向大家宣布这个消息的时候，纪总管快要疯了，他抓着大夫喊：

"你没有保住那个孩子，他是天虹的命啊！"

"孩子可以再生，现在，还是调养大人要紧！"大夫安慰着。

祖望和品慧，都难过得无力说话了。

天虹昏昏沉沉地躺在床上，由于失血过多，一直昏睡。到了晚上，她才逐渐清醒了。睁开眼睛，她看到梦娴慈祥而带泪的眸子，接触到齐妈难过而怜惜的注视，她的心猛地狂跳，伸手就按在肚子上，颤声地问：

"大娘，孩子……孩子……保住了，是不是？是不是？"

梦娴的眼泪，夺眶而出了。齐妈立刻握住她的手：

"天虹小姐，孩子，明年还可以再生！现在，身体要紧！"

天虹大震，不敢相信孩子没有了，伸手一把紧紧地攥住梦娴的手，尖声地问：

"孩子还在，是不是？保住了，是不是？大娘！告诉我！告诉我……"

梦娴无法骗她，握紧她的手，含泪地说：

"孩子没保住，已经没有了！"

她发出一声凄厉的惨叫：

"啊……不要！不要！不要……"

她痛哭失声，在枕上绝望地摇头。齐妈和梦娴，慌忙一边一个，紧紧地扶着她。

"天虹小姐！身子要紧啊！"齐妈劝着。

天虹心已粉碎，万念俱灰，哭着喊：

"他杀掉了我的孩子！他杀掉了我的孩子……"

梦娴一把抱住她的头，心痛地喊：

"天虹！勇敢一点！这个孩子虽然没保住，但是，还会有下一个的！上天给女人好多的机会……你一定会再有的！"

"不会再有了，这是唯一的！失去了孩子，我的生命还有什么意义呢？"

"千万不要这样说！你还这么年轻，未来的生命还那么长，说不定还有好多美好的事物，正在前面等着你呢！"梦娴说。

"我生命里，最珍贵的就是这个孩子，如今孩子没有了，剩下的，就是那样一个丈夫，和暗无天日的生活！以后，除了愁云惨雾，还有什么？还有什么？"她哭着喊，字字带血，声声带泪。

门外的纪总管，老泪纵横了。

天虹失去了孩子，云翔最后一个才知道。自从天虹被纪总管带走，他就坐在房间一角的地上，缩在那儿，用双手抱着头，痛苦得不得了。他知道全家都在忙碌，知道自己又闯了大祸，但是，他无力去面对，也不想去面对。他的世界，老早就被云飞打碎了。童年，天虹像个小天使，美得让他不能喘气。好想，只是拉拉她的小手。但是，她会躲开他，用她那双美丽的手，为云飞磨墨，为云飞裁纸，为云飞翻书，为云飞倒茶倒水……只要云飞对她一笑，她就满脸的光彩。这些光彩，即使他们做了夫妻，她从来没有为他绽放过。直到云飞归来那一天，他才重新在她眼里发现，那些光彩都为云飞，不为他！

他蜷缩在那儿，整晚没有出房间，觉得自己是世界上最痛苦的人。他不知道坐了多久，直到祖望大步冲进来，品慧跟在后面，祖望对他大吼一声：

"你这个混账！你给我站起来！"

他抬头看了祖望一眼，仍然不动。祖望指着他，气得发抖，怒骂着：

"你是受过高等教育的人，念过书，出身在我们这样的家庭，你怎么可能混账到这种程度？天虹有孕，你居然对她拳打脚踢，你有没有一点点天良？有没有一点点爱心？那是你的妻子和你的儿子呀！你怎么下得了手？"

云翔的身子缩了缩，抱着头不说话。品慧忙过去拉他：

"云翔！起来吧！赶快去看你老婆，安慰安慰她，跟她道个歉……她现在伤心得不得了，孩子已经掉了！"

云翔一个震动，心脏猛烈地抽搐，这才感到椎心的痛楚。

"孩子……掉了？"他失神地，讷讷地问。

"是啊！大夫来，救了好半天，还是没保住，好可惜，是个男孩……大家都难过得不得了……你赶快去安慰你老婆吧！"品慧说。

"孩子掉了？孩子掉了？"他喃喃自语，心神恍惚。

祖望越看他越生气，一跺脚：

"你还缩在那儿做什么？起来！你有种打老婆，你就面对现实！去对你岳父道歉，去对天尧道歉，去对你老婆道歉……然后，去给我跪在祖宗牌位前面忏悔！你把我好好的一个孙子，就这么弄掉了！"

他勉勉强强地站起身，振作了一下，色厉内荏地说：

"哪有那么多的歉要道？孩子没了，明年再生就是了！"

祖望瞪着他，气得直喘气，举起手来，就想揍他：

"你去不去道歉？你把天虹折腾得快死掉了，你知道吗？"

他心中一紧，难过起来：

"去就去嘛！天虹在哪里？"

"在你大娘那儿！"

他一听到这话，满肚子的疑心，又排山倒海一样地卷了过来，再也无法控制，他瞪着品慧，就大吼大叫起来：

"她为什么在'大娘'那里？她为什么不在你那里？你才是她的婆婆，掉了的孩子是你的孙子，又不是大娘的！为什么她去'大娘'那里？你们看，这根本就有问题，根本就是欺负我一个人嘛！"

品慧愕然，被云翔骂得接不上口。祖望莫名其妙地问：

"她为什么不可以在梦娴房里？梦娴是看着她长大的呀！"

云翔绕着房间疾走，振臂狂呼：

"啊……我要疯了！你们只会骂我，什么都不知道！今天，大娘把天虹带出去，说是去庙里上香！结果她们什么庙都没有去，大娘带她去见了云飞！回来之后，还跟我撒谎，被我逼急了，才说真话！还有这个……"他跑去抓起那件披风："她的衣服，居然在云飞房里！今天才被小莲找到！你们懂吗？我的绿帽子已经快碰到天了！这个孩子，你们敢说是我的吗？如果是我的，要大娘来招呼，来心痛吗？"

品慧震惊地后退，不敢相信地自言自语：

"不可能的！不可能的……"

云翔对品慧再一吼：

"什么不可能？天虹爱云飞，连展家的蚂蚁都知道！你一天到晚好像很厉害，实际就是老实，被人骗得乱七八糟，还在这儿不清不楚！"

祖望一退，瞪着他：

"我不相信你！我一个字也不相信你！天虹是个好姑娘，知书达礼，优娴贞静！她绝不可能做越轨的事！你疯了！"

云翔像一只受伤的野兽，发出一阵狂啸：

"你为什么不去问一问大娘？优娴贞静的老婆会欺骗丈夫吗？优娴贞静的老婆会背着丈夫和男人私会吗？"他对祖望大吼："你不知道老婆心里爱着别人的滋味！你不知道戴绿帽子的滋味！你不知道老婆怀孕，你却不能肯定谁是孩子父亲的滋味！我疯了，我是疯了，我被这个家逼疯了，我被这样的老婆兄弟逼疯了！"

祖望瞪着云翔，震惊后退，嘴里虽然振振有词，心里却惊慌失措了。他从云翔的房里"逃了出来"，立刻叫丫头把梦娴找到书房里来细问，梦娴一听，惊得目瞪口呆。

"云翔这样说？你也相信吗？不错，今天我带天虹去了塘口，见到云飞阿超，还有萧家的一大家子，那么多人在场，能有任何不轨的事吗？天虹求我带她去，完全是为云翔着想啊！云翔不能一辈子躲在家里，总会出门，天虹怕云飞再对云翔报复，是去求云飞放手，她是一片好心呀！"

祖望满屋子走来走去，一脸的烦躁：

"那么，天虹的衣服，怎么跑到云飞房里去了？"

梦娴一怔，回忆着，痛苦起来：

"那是我的疏忽，早就该给她送回去了！大家住在一个院子里，一件衣服放那里，值得这样小题大做吗？那件衣服……"她懒得说了，说也说不清！她看着祖望，满脸的不可思议："天虹的孩子，就为了这些莫名其妙的理由，失去了？是我害了她，不该带她去塘口，不该忘了归还那件衣服……天虹实在太冤了！如果连你都怀疑她，这个家，对她而言，真的只剩下愁云惨雾了！"

祖望听得糊里糊涂，心存疑惑，看着她，气呼呼地说：

"你最好不要再去塘口！那个逆子已经气死我了，你是展家的夫人，应该和我同一阵线！我不要认那个儿子，你也不要再糊涂了！你看，都是你带天虹出去，闯下这样的大祸！"

梦娴听了，心中一痛。挺了挺背脊，她眼神凄厉地看着他，义正词严地说：

"我嫁给你三十几年，没有对你说过一句重话！现在，我已经来日无多，我珍惜我能和儿子相聚的每一刻！你不认他，并不表示我不认他，他永远是我的儿子！如果你对这一点不满意，可以把我一起赶出门去！"

她说完，傲然地昂着头，出门去了。

祖望震动极了，不能相信地瞪着她的背影，怔住了。这个家，到底是怎么回事？怎么会这样分崩离析，问题重重呢？

24

几天后，梦娴去塘口，才有机会告诉云飞，关于天虹的遭遇。

所有的人都震动极了，这简直是一件不可思议的事！云飞想到天虹对这个孩子的期盼、渴望和热爱，顿时了解到，对天虹来说，人间至悲的事，莫过于此了。

"好惨！她伤心得不得了，在我房里住了好多天，现在纪总管把她接回去了！我觉得，孩子没有了，天虹的心也跟着死了！自从失去了孩子，她就不大开口说话，无论我们劝她什么，她都是呆呆的，整个人都失魂落魄了！"梦娴含着泪说。

"娘！你得帮她忙！她是因为这个孩子，才对生命重新燃起希望的！她所有的爱，都灌注在这个孩子身上，失去了孩子，她等于失去了一切！你们要多陪陪她，帮她，跟她说话才好！"云飞急切地说。

"怎么没说呢？早也劝，晚也劝，她就是听不进去。整个人像个游魂一样！"

阿超气愤极了，恨恨地说：

"哪有这种人？只会欺负女人！这个也打，那个也打，老婆怀了孕，他还是打！太可恶了！我真后悔上次饶他一命，如果那天要了他的命，他就不能欺负天虹小姐了！偏偏那天，还是天虹帮他求情！"

"云翔呢？难道一点都不后悔吗？怎么我听郑老板说，他这些天，每晚都在待月楼豪赌！越赌越大，输得好惨！没有人管他吗？纪总管和天尧呢？"云飞问。

"天虹出事以后，纪总管的心也冷了，最近，他们父子都在照顾天虹，根本就不管云翔了。云翔大概也想逃避问题，每天跑出去，不知道做些什么！我看，天虹这个婚姻，是彻底失败了！"

云飞好难过，萧家姊妹也跟着难过。雨凤想起天虹的"梦"，没想到，这么快就幻灭了。大家垂着头，人人情绪低落。梦娴急忙振作了一下，提起兴致，看大家：

"算了，不要谈这个扫兴的话题了！你们怎样？还有三天就结婚了……"四面看看："你们把房子布置得好漂亮，到处都挂着花球和灯笼，真是喜悦极了！"

阿超兴奋起来：

"你们知道吗？那些花球和灯笼，都是虎头街那些居民送来的！他们现在都知道我们的事了，热情得不得了，一会儿送花，一会儿送灯笼，一会儿送吃的，一会儿送衣服……有一个贺伯庭，带着老婆和九个孩子来帮我们打扫，再加我们家的几个孩子，简直热闹得鸡飞狗跳！"

"真的呀？"梦娴听得欢喜起来。

云飞点点头，非常感动地说：

"我现在才知道，一般老百姓这么单纯、善良和热情！娘，我们家以钱庄起家，真的很残忍，'放高利贷'这个行业，不能再做了！家里赚够了钱，应该收手，不要再剥削他们了！"

梦娴深深地看了他一眼：

"就是你这种论调，把你爹吓得什么都不敢给你做了！"

云飞一听到"你爹"两个字，就头痛了，急忙转变话题：

"我们也不要谈这个！娘，你看，这是我们的喜帖，我们把你的名字，印在喜帖上，没有关系吗？"他把喜帖递给梦娴。

"有什么关系呢？难道我不是你娘吗？"她低头看着喜帖，看着看着，心里不能不涌上无限的感慨，"实在委屈你们两个了！这样的喜帖，开了桐城的先例，是前所未有的！这样的喜帖，说了一个好长的故事！"

"是！"云飞低语，"一个好长好长的故事！"

雨凤低着头，心里真是百味杂陈。

这张喜帖，当天就被云翔拿到了，他冲进祖望的书房，把喜帖往桌上一放，气急败坏地喊：

"爹！你看看这个！"

祖望拿起请帖，就看到下面的内容：

　　谨订于民国八年十月初六，为小儿苏慕白，义
女萧雨凤举行婚礼。早上十时在待月楼，敬请

　　阖第光临

　　　　　　　　男方家长　魏梦娴
　　　　　　　　　　　　　　　　　　敬上
　　　　　　　　女方家长　郑士逵

　　祖望大惊，一连看了好几遍，才弄明白是什么意思。他
把请帖啪的一声，摔在桌子上。大怒：

　　"岂有此理！"

　　云翔在一边火上加油，愤愤不平地喊：

　　"爹！你还不知道吗？现在整个桐城，都把这件事当一
个大笑话，大家传来传去，议论纷纷！桐城所有的达官贵人，
知名人士，都收到了这张请帖，郑老板像撒雪片一样地发帖
子！大家都说，'展城南'已经被'郑城北'并吞了，连展家
的儿子都改名换姓，投效郑老板了！最奇怪的是，大娘居然
具名帮云飞出面！我们这个脸可丢大了，我在外面，简直没
法做人！"

　　"云飞居然这样做！他气死我了！我叫他不要娶雨凤，他
非娶不可，偷偷摸摸娶也就算了，这样大张旗鼓，还要郑老
板出面，简直存心让我下不来台！什么意思？太可恶了！"祖
望怒不可遏。

　　"而且，这个郑老板，和她们姊妹不干不净，前一阵子

还盛传要娶雨鹃做三姨太，现在，摇身一变，成了义父，名字和大娘的名字排在一起，主持婚礼！这种笑话，你受得了吗……"

云翔话没说完，祖望抓起请帖，大踏步冲出门去。一口气冲到梦娴房里，把那张请帖重重地掷在桌上，愤怒地喊：

"你给我解释一下，这是什么东西？"

梦娴抬头，很冷静地看着他：

"这是我儿子的结婚请帖！"

"你儿子？你儿子？云飞叛变，连你也造反吗？"他吼着。

梦娴挺直背脊，盯着他：

"你好奇怪！儿子是你不要了，你完全不管他的感觉、他的自尊，把他贬得一文不值，叫他不要回家！你侮辱他的妻子，伤透他的心，你还希望他顾及你的面子吗？"

祖望一听，更气，喊着：

"人人都知道，他是我的儿子，他却弄了一个不伦不类的名字苏慕白，昭告全天下，他再也不姓展！我不许他娶雨凤，他偏要娶，还要娶得这么轰轰烈烈！他简直冲着我来，哪有这样不孝的儿子？"

"他已经不是你的儿子了，也就谈不上对你孝不孝！他知道你对他所有的行为，全体不同意，只好姓苏，免得丢你展家的脸！这样委屈，依然不行，你要他怎么办？"

"好好好！他不是我的儿子了，我拿他没有办法，但是，你还是我的老婆，这个姓苏的结婚，要你凑什么热闹？"

"没办法，这个姓苏的，是我儿子！"

"你存心跟我作对，是不是？"

梦娴悲哀地看着他，悲哀地说：

"我好希望今天这张请帖上，男方家长是你的名字！你以为这张请帖，云飞很得意吗？他也很悲哀，很无可奈何呀！哪有一个儿子要结婚，不能用自己的真名，不能拜见父母爹娘，不能把媳妇迎娶回家！何况是我们这样显赫的家庭！你逼得他无路可走，只能这样选择！"

"什么叫无路可走？他可以不要结婚！就是要结婚，也不用如此招摇啊！你去告诉他，这样做叫作'大逆不道'！让他马上停止这个婚礼！"

梦娴身子一退，不相信地看着他：

"停止婚礼？全桐城都知道这个婚礼了，怎么可能停止？现在停止，你让云飞和雨凤怎么做人？"

"这场婚礼举行了，你要我怎么做人？"

"你还是做你的展祖望，不会损失什么的！"

"你说的是什么话？你就这样护着他！帮着他来打击我！那个雨凤，这么嚣张，什么叫红颜祸水，就是这种女人！哪有一个好女人，会让云飞和家庭决裂到这个地步！"

"我劝你千万不要说这种话，如果你心里还有这个儿子，他们塘口的地址你一定知道，去看看他们，接受雨凤做你的儿媳妇，参加他的婚礼，大大方方地和他们一起庆贺……这是一个最好的机会，说不定你可以收回一个儿子！"梦娴深刻地说。

祖望觉得梦娴匪夷所思，不敢相信地瞪着她：

"你要我去和云飞讲和？你要我同意这个婚礼，还参加这个婚礼？你还要我接受雨凤？你想教我做一个'圣人'吗？"

"我不想教你做一个'圣人'，只想教你做一个'父亲'！"

祖望对梦娴一甩袖子：

"你先教云飞怎么做'儿子'吧！你莫名其妙，你疯了！你自己也学一学，怎样做一个'妻子'和'母亲'吧！"

祖望说完，拂袖而去了。梦娴看着他的背影，满心伤痛和失望。

婚礼的前一天，塘口的新房已经布置得美轮美奂。大家的兴致都很高昂，计划这个，计划那个。雨凤的卧室是新房，床上挂着红帐子，铺着簇新的红被子，镜子上打着红绸结，墙上贴着红囍字……一屋子的喜气洋洋。

雨凤和云飞站在房里，预支着结婚的喜悦，东张西望，看看还缺什么。

门外有一阵骚动声，接着，雨鹃就冲到房门口来，喊：

"慕白，你爹来了！他说，要跟雨凤讲话！"

云飞和雨凤都大吃一惊。雨鹃就看着雨凤说：

"见，还是不见？如果你不想见，我就去挡掉他！"

云飞急忙说：

"这样不好！他可能是带着祝福而来的！我们马上要办喜事，让大家分享我们的喜悦，不要做得太绝情吧！"他问雨鹃："谁跟他一起来？"

"就他一个人！"

"一个人？我去吧！"云飞一愣，慌忙跑了出去。

雨凤镇定了一下纷乱的情绪，对雨鹃说：

"既然他点名找我，不见大概不好，你把弟妹们留在后面，我还是出去吧！"

雨鹃点头。雨凤就急急忙忙奔出去。

云飞到了客厅，见到挺立在那儿的父亲，他有些心慌，有些期待，恭敬地说：

"爹！没想到您会来，太意外了！"

祖望锐利地看着他：

"你还叫我爹？"

云飞苦笑了一下，在这结婚前夕，心情非常柔软，就充满感情地说：

"人家说，一日为师，终身为父。师都如此，何况，你还是我真正的爹呢！来，这儿坐！"

"我不坐，说几句话就走！"

雨凤端着茶盘出来，由于紧张，手都发抖。阿超过来，接过托盘，端出去：

"老爷，请喝茶！"

祖望看着阿超，气不打一处来：

"阿超，你好！今天叫我老爷，明天会不会又打进家门来呢？"

阿超一怔，还没说话，云飞对他摇摇头，他就退了下去。

雨凤忐忑地走上前，怯怯地说：

"展伯伯，请坐！"

祖望盯着雨凤，仔细地看她，再掉头看云飞，说：

"我已经看到你们的结婚喜帖了！你真的改姓苏，不姓展了？"

云飞愣了愣，带着一份感伤和无奈，说：

"展家，没有我容身之处啊！"

祖望再看向雨凤，眼光锐利。他沉着而有力地说：

"雨凤，听云飞说，你念过书，有极好的修养，有极高的情操！我相信云飞的眼光，不会看走眼！"

雨凤被动地站着，不知道他的真意如何，不敢接口。他定定看她：

"你认为一个有教养、有品德、有情操的女子，对翁姑应该如何？"

她怔住，一时之间，答不出来。云飞觉得情况有点不妙，急忙插嘴：

"爹，你要干什么？如果你是来祝福我们，我们衷心感谢，如果你是来责问我们，我们已经没有必要听你教训了！"

祖望对云飞厉声说：

"你住口！我今天是来跟雨凤谈话的，不是跟你！"他再转向雨凤："你教唆云飞脱离家庭，改名换姓，不认自己的亲生父亲，再策划一个不伦不类的婚礼，准备招摇过市，满足你的虚荣，破坏云飞的孝心和名誉，这是一个有教养、有情操的女子会做的事吗？应该做的事吗？"

雨凤听了，脸色立即惨变，踉跄一退，整个人都呆住了。

云飞大惊，气坏了，脸色也转为惨白，往前一站，激动地说：

"你太过分了！我以为你带着祝福而来，满心欢喜地接待你，喊你一声爹！你居然对雨凤说这种话！我改名换姓，是我的事！如果展家是我的骄傲，是我的荣耀，我为什么要改名换姓？如果我能够得到你的支持和欣赏，我又何至于走到今天这一步？我那一大堆的无可奈何，全与你有关，你从来不检讨自己，只会责备别人，我受够了！这儿是苏家，请你回去吧！"

祖望根本不理他，眼睛专注地瞪着雨凤：

"我今天来要你一句话！我知道你交游广阔，请得动郑某人为你撑腰，你就不怕你未来的丈夫，成为桐城的笑柄，被万人唾骂吗？如果，你真的念过书，真的是个有修养的姑娘，真的了解中国人的传统观念，真的为大局着想……停止吧！停止这个荒唐的婚礼，停止这场闹剧！如果你真心爱云飞，就该化解他和家庭的裂痕，到那时候，你才有资格和云飞论及婚嫁！"

雨鹃和阿超，一直站在门外倾听，这时，雨鹃忍无可忍，冲了出来，往祖望面前一站，气势汹汹地喊：

"你不要欺负我姊姊老实，对她这样侮辱责骂！你凭什么来这里骂人？我给你开门，是对你的客气！今天，又不是展家娶媳妇，跟你一点关系都没有！你管不了我们！"

祖望啧啧称奇地看云飞：

"这就是有修养、有品德、有情操的女子，你真让我大开眼界！"

云飞又气又急，他深知雨凤纤细敏感，这条感情的路，又走得特别坎坷。她那份脆弱的自尊心，好容易受伤。这个婚事，自己是拼了命争取到的，两人都已受尽苦难，实在得来不易！在这结婚前夕，如果再有变化，恐怕谁都受不了！他生怕雨凤又退缩了，心里急得不得了，就往前一站，沉痛地说：

"你够了没有？你一定要破坏我的婚礼吗？一定要砍断我的幸福吗？你对我，没有了解，没有欣赏，但是，也没有同情吗？"

雨鹃看到雨凤脸色惨白，浑身发抖，就推着她往里面走：

"进去，进去！我们没有必要听这些！"

"雨凤！你就这样走了？没有一句答复给我吗？"祖望喊。

雨凤被推着走了两步，听到祖望这一喊，怔了怔。忽然，她挣开了雨鹃，折回到祖望面前来。她先看看云飞和雨鹃，满脸肃穆地说：

"你们不要说话！展伯伯来这儿，要我的话，我想，我应该把我的话说清楚！"

云飞好紧张，好着急。雨鹃好生气。

雨凤就抬头直视着祖望，眼神坚定，不再发抖了，她一字一字，清清楚楚地说：

"展伯伯，听了你的一篇话，我终于了解慕白为什么改名换姓了！为了我造成他的父子不和，我一直深深懊恼，深深自责。现在，懊恼没有了，自责也没有了！你刚刚那些话，刻薄恶毒，对我的操守品德，极尽挖苦之能事。对一个这样怀疑我的人，误解我的人，否决我的人，我不屑于解释！我只有几句话要告诉你！我爱慕白，我要嫁慕白！不管你怎么破坏，不管你用什么身份来这儿，都无法转变我的意志！我曾经把慕白当成我的杀父仇人，那种不共戴天的仇恨，都瓦解在这份感情里，就再也没有力量来动摇我了！"

祖望简直没有想到，她会说出这样一篇话，不禁睁大眼睛，看着她。

云飞也没有想到，她会说出这样一篇话，也睁大眼睛，看着她。

雨鹃和阿超，全都睁大眼睛看着她。

雨凤咽了口气，继续说：

"你跟慕白，有三十年的渊源，我跟他，只有短短的一年！可是，我要好骄傲地告诉你，我比你了解他，我比你尊重他，我比你爱他！他在我心里，几乎是完美的，在你心里，却一无是处！人，为'爱'和'被爱'而活，为'尊敬'和'体谅'而活，不是为单纯的血缘关系而活！我认为，我值得他做若干牺牲，值得他爱，更值得他娶！你不用挖苦我，不用侮辱我，那些，对我都不发生作用了！随你怎么阻挠，你都不能达到目的，我一定会成为他的新娘！和他共度这一生！"

云飞听得热血沸腾，呼吸急促，眼光热烈地盯着她。

祖望脸色铁青，瞪着她，大声说：

"你执意这么做，你会后悔的！"

雨凤眼中闪着光彩，字字清脆，掷地有声地说：

"哦！我不会的！我永远不会后悔的！现在，我才知道，在你这么强大的敌视下，慕白为了娶我，付出了多大的代价！我太感动了，我会永远和他在一起，不论前途多么艰辛，我会勇敢地走下去！我会用我整个生命，来报答他的深情！"
她吸了口气："好了，你要我的话，我已经给你了！再见！"

她说完，就转过身子，昂首阔步，走进里面去了。

云飞情不自禁，撂下祖望，追着她而去。

祖望呆呆地站着，有巨大的愤怒、巨大的挫败感，也有巨大的震撼。

雨风出了客厅，就一口气奔进卧房，云飞追来，把她一把抱住，热烈地喊着：

"你从来没有说过这些话！你让我太感动、太激动了！"

她依偎着他，把手放进他的手中：

"你摸摸我的手！"

云飞握住她的手，一惊：

"你的手怎么冷冰冰？"

她大大地喘了口气：

"我又紧张，又激动，自己都不知道在说什么！我每次一紧张，浑身都会发冷！从来没说过那么多话，觉得自己词不达意，我只有一个念头，我不能被打倒，我不能失去你！"

云飞用双手握着她的手，试图把她的手温暖起来。他凝视着她的眼睛，发自肺腑地说：

"你完全达意，说得太好太好了！每一个字，都让我震撼！我这一生，风风雨雨，但是，绝对没有白活，因为上苍把你赐给了我！"他顿了顿，再说："我要借用你的话，因为我无法说得更好——我会用我整个生命，来报答你的深情！"

她投进他的怀里，伸出双手，紧紧地环抱住他。再也没有迟疑，再也没有退缩，再也没有抗拒，再也没有矛盾……这个男人，是她生命的主宰！是她的梦，是她的现实，是她的命运，是她的未来，是她一切的一切。

终于，终于，到了这一天。

云飞穿着红衣，骑着大马，神采焕发，带着阿超和一队青年，组成一支"迎亲队伍"，吹吹打打地到了待月楼前面。

待月楼门口，停着一顶金碧辉煌的花轿。围观群众，早已挤得水泄不通。

云飞一到，鞭炮就噼里啪啦响起来，吹鼓手更加卖力地吹吹打打，喜乐喧天。然后，就有十二个花童，身穿红衣，撒着彩纸，从门内出来。

花童后面，雨凤凤冠霞帔，一身的红。在四个喜娘、金银花、雨鹃、小三小四小五、珍珠、月娥、小范，及全身簇新的郑老板的簇拥下，走出大门。

围观群众，一见新娘出门，就报以热烈的掌声，吼声如雷地喊：

"雨凤姑娘，恭喜了！"

雨凤低眉垂目，只看得到自己那描金绣凤的大红裙摆。她款款而行，耳边充满了鞭炮声、喜乐声、欢呼声、恭喜声……她的整颗心，就随着那些声音跃动着。一阵风来，喜帕微微扬起，群众立刻爆发出如雷的喊声：

"好美的新娘子！好美的新娘子！"

司仪大声高唱：

"上轿！"

四个喜娘，扶着雨凤上轿，群众又爆发出如雷的掌声。

云飞骑在马背上，看着雨凤上轿，心里的欢喜，像浪潮一样，滚滚而来。终于，终于，等到了这一天！终于，终于，她成了他的新娘！

"起轿！"

八个轿夫抬起大花轿。

鞭炮和喜乐齐鸣。队伍开始前进。

吹鼓手走在前面，后面是云飞，再后面是马队，再后面是花童，再后面是花轿，再后面是萧家四姊弟，再后面是仪仗队，再后面，跟着自愿参加游行的群众……整个队伍，前呼后拥，浩浩荡荡地走向街头。这是桐城有史以来最大的婚礼！

当婚礼开始的时候，云翔正气急败坏地冲进纪家的小院，大呼小叫：

"天尧！今天云飞要成亲，我们快带马队闹他们去！阻止不了婚礼，最起码给他弄个人仰马翻！"

天尧冷冷地看着他，恨恨地说：

"这种事我不做了！你找别人吧！"

云翔一呆，愕然地说：

"你们还在生我的气吗？可以了吧？我不是已经又道歉又认错了吗？不要这样嘛，等天虹身体好了，我管保再给她一个孩子就是了！"

纪总管嫌恶地看了他一眼，哼了一声，转头就要进屋。他急忙喊：

"纪叔，你不去就不去，我带阿文他们去，天尧，我们快走吧！"

天尧瞪着他，大声说：

"我说话你听不懂吗？我再也不帮你做那些无聊事了！你自己去吧！"

云翔大怒，气冲冲地喊：

"算了！神气什么？我找阿文去！"转身就跑。

纪总管在他身后，冷冰冰地说：

"你不用找阿文他们了！郑老板给了比你高三倍的待遇，已经把他们全体挖走！今天，都去帮忙云飞成亲，维持秩序去了！你的'夜枭队'，从此变成历史了！"

云翔站住，大惊失色，猛地回身看纪总管：

"你骗人！怎么可能？"

纪总管挑着眉毛：

"怎么不可能？你认为他们跟着你，是因为你肯花钱，还是因为你够义气？够朋友？大家早就对你不满意了，只是敢怒而不敢言！今天碰到一个比你更肯花钱的人，你就毫无价值了！你和云飞这场战争，你是输定了！你手下的人，现在等于是云飞的人了，你还想搅什么局？"

云翔大受打击，踉跄一退，瞪大眼睛。

这时，天虹扶着房门，颤巍巍地站在房门口，看着他。她形容枯槁，憔悴得不成人形，眼睛深幽，恨极地瞪着他。

云翔被她这样的眼光逼得一颤，急忙说：

"天虹，你别怪我！谁教你背着我去见云飞，你明知道这犯了我最大的忌讳！孩子掉了，没有关系，我们再接再厉！"

天虹走到他的面前，死死地看着他，咬牙切齿地说：

"让我清清楚楚地告诉你！你赶不上云飞的一根寒毛，我宁愿去当云飞的小老婆、丫头、用人，也不愿意跟你！此生此世，你想跟云飞比，你是门都没有！"

云翔大大地震动了，看着恨之入骨的天虹，再看冷冰冰的纪总管，再看愤恨的天尧，忽然感到众叛亲离，不禁又惊又骇又怒又恨，大叫：

"你们都去投效云飞吧！去呀！去呀……"

他掉转身子，像一头负伤的野兽，对门外冲去。

同一时间，浩浩荡荡的迎亲队伍，在群众夹道欢呼下，缓缓前进。

鼓乐齐鸣，吹吹打打。云飞骑在马上，真是踌躇满志，连阿超都左顾右盼，感染着这份喜悦。

群众挤满了街道两旁，不停地鼓掌欢呼：

"苏慕白先生，恭喜恭喜！雨凤姑娘！恭喜恭喜！"

沿途，不时有人拜倒下去，一家大小齐声欢呼：

"苏慕白先生，百年好合，天长地久！"

在人群中，有个人戴着一项毡帽，遮着脸孔，围着围巾，遮着下巴，杂在一堆路人中，看着这个盛大的婚礼。这人不是别人，正是祖望。他虽然口口声声，责备这个婚礼，但是，却无法抑制自己的好奇心，倒要看看，被"郑城北"主持的婚礼，到底隆重到什么地步？看到这样盛大的排场，他就呆住了。再看到围观群众，密密麻麻，他就更加觉得惊心动魄。等到看到居然有人跪拜，他就完全糊涂了，纳闷起来。在他身边，正好有一家大小数人，跪倒于地，高喊着：

"苏慕白先生，大恩大德！永远不忘！祝你幸福美满，天长地久！"

他实在忍不住了，问一个刚刚起身的老者：

"你们为什么拜他？"

老者不认识他，热心地说：

"他是一个伟大的人，我们虎头街的居民，都受过他的好处，说都说不完！"

他震动了，不敢相信地看着那些人群，和骑在马上的云飞。心里模糊地想起，云飞曾经说过，有关冯谖的故事。

迎亲队伍，鼓乐喧天，迤迤逦逦……从他面前过去了。

谁都不知道，这时，云翔骑着一匹快马，正向着这条街飞驰而来。他带着满心的狂怒，立誓要破坏这个婚礼。这萧家姊妹，简直是他的梦魔！而展云飞，是他与生俱来的"天敌"！他不能让他们这样嚣张，不能让他们称心如愿，不能！不能！不能！

他催着快马，策马狂奔，狂叫：

"驾！驾！驾……"

马蹄翻腾，踹着地面，如飞而去。他疾驰着，听到吹吹打打的音乐逐渐传来。这音乐刺激着他，他更快地挥舞马鞭：

"驾！驾！驾……"

突然间，路边蹿出好多个壮汉，拦马而立，大叫：

"停下来！停下来！"

云翔急忙勒马，马儿受惊，蓦然止步。接着，那匹马就人立而起，昂首狂嘶。

云翔坐不牢，竟从马背上跌下来。

几个大汉，立刻扑上前来，三下两下，就捉住了他的手脚，把他压在地下。他大惊，一面挣扎，一面怒骂：

"你们是强盗还是土匪？哪一条道上的？没长眼睛吗？我是展云翔啊！展家的二少爷啊！"

他才喊完，就一眼看到，警察厅的黄队长，率领着好多警察，一拥而上。他还没弄清楚是怎么回事，就听到"喀哒喀哒"两声，他的双手，居然被一副冷冰冰的手铐，牢牢地铐住了。

他暴跳如雷，又踢又骂：

"你们疯了？黄队长，你看清楚了没有？我是谁？"

黄队长根本不答话，把他拖向路边的警车。一个大汉迅速地将那匹马牵走了。其他大汉们向黄队长施礼，说：

"黄队长，人交给你了，你负责啊！"

黄队长大声应着：

"告诉郑老板，放心！"

吹吹打打的声音已经渐行渐近，黄队长连忙对警察们说：

"赶快押走，不要惊动新人！"

云翔就被拖进警车，他一路吼着叫着：

"黄队长，你给我当心了！你得罪了我们展家，我管保让你活不成！你疯了吗？为什么要抓我？"

黄队长这才慢条斯理地回答：

"我们已经恭候多时了！厅长交代，今天要捣乱婚礼的人，一概抓起来，特别是你展二爷！我们沿途，都设了岗哨，不会让你接近新人的！走吧！"

警车开动了，云翔狂怒地大喊：

"你们都没命了！我警告你们！今天谁碰了我，我会一个一个记住的！你们全体死定了……还不放开我……放开我……"

警车在他的吼声叫声中，开走了。

他被直接带进了警察厅的拘留所。警察把他推进牢房，推得那么用力，他站立不稳，倒在地上。牢门就哗啦啦合上，铁锁立即喀哒一声锁上。

他从地上爬起来，扑在栅栏上，抓着栏杆，一阵摇晃，大吼大叫：

"黄队长！你凭什么把我关起来？我又没犯法，又没杀人放火，不过骑个马上街，有什么理由关起来？你这样乱抓老百姓，你当心你的脑袋……"

黄队长隔着牢门，对他好整以暇地说：

"你慢慢吼，慢慢叫吧！今天我们整个警察厅都要去喝喜酒，没有人在，你叫到明天天亮，也没人听到！你喜欢叫，你就尽管叫吧！我走了！"挥手对另外两个警察说："走吧！这个铁栅栏牢得不得了，用不着守着！大家再去街上维持秩序吧！"

两个警察应着，三个人潇潇洒洒出门去。

他大惊大急，抓着栅栏狂吼：

"警察舞弊啊！警察贪污啊！官商勾结，迫害老百姓啊……"

黄队长折回牢房，瞪着他说：

"展二爷！你省点力气吧！这些话给咱们厅长听到，你就永远出不了这道门了！"

他知道情势不妙，见风转舵，急喊：

"黄队长！你放我出去，我一定重重谢你！我好歹是展家的二少爷呀！"

"二少爷没用了！要出去，让大少爷来说吧！"黄队长说完，走了。

云翔扑在栅栏上，拼命摇着，喊着：

"黄队长！你最起码去告诉我爹一声呀！黄队长……黄队长……"

他正在狂喊狂叫，忽然觉得有一只手摸上自己的胸口，他大惊。低头一看，有个衣不蔽体，浑身肮脏的犯人不知从哪儿跑出来，正摸着他的衣服，咧着一张缺牙的嘴直笑，好像中了大奖：

"好漂亮的衣服……"

他尖叫，急急一退：

"你不要碰我……"

他这一退，脚下竟碰到另一个犯人，低头一看，这个比前一个更脏更狼狈，这时摸着他的裤管说：

"好漂亮的裤子……"

云翔这一生，哪里经验过这样的事情，吓得魂飞魄散，浑身冷汗。定睛一看，屋角，还有好几个蓬头垢面的人纷纷冒出来，个个对着他不怀好意地笑。他尖叫失声了：

"救命啊……救命啊……"

回答他的，是外面吹吹打打的喜乐，和不绝于耳的鞭炮声。

25

婚礼，隆重而盛大地完成了。迎娶之后，梦娴在塘口的新房，接受了新郎新娘的三跪九叩。看着一对璧人，终于拜了天地，梦娴的心，被喜悦涨得满满地。想到祖望的敌意，父子的决裂，难免又有一番伤痛。可是，在这欢喜的时刻，她把所有的感伤都咽下了，带着一脸的笑，迎接了她的新媳妇。

晚上，待月楼中，张灯结彩，挂满喜帐，插满鲜花，喜气洋洋。客人们都是携眷光临，女眷们个个盛装，衣香鬓影，笑语喧哗。把所有座位坐得满满的，觥筹交错，热闹得不得了。

郑老板、梦娴、雨凤、云飞、金银花坐在主桌，郑老板的夫人们、德高望重的士绅、地方长官相陪。雨鹃、小三、小四、小五、阿超、齐妈等和别的客人坐在隔壁一桌。但是，小三小四小五实在太兴奋了，哪里坐得住，不断跑前跑后，东张西望，议论纷纷。雨鹃和阿超忙得不得了，一会儿要照顾孩子们，一会儿要招待嘉宾。

客人们不断挤上前来，向新郎新娘敬酒道贺。恭喜之声，不绝于耳。

郑老板忍不住，站起身子，为这场"婚礼"，说了几句话：

"各位各位！今天是雨凤和慕白大喜的日子！大家对雨凤一定都很熟悉了，也都知道她有一段痛苦的遭遇！慕白的故事，更加复杂。他们两个，走了一条非常辛苦而漫长的路，其中的曲折、奋斗和种种过程，可以写一本书！他们能够冲破各种障碍，结为夫妻，证明天下无难事，有情人必成眷属！今天的嘉宾，都是一个见证！希望大家，给他们最深切的祝福！"

所有宾客，都站起身来鼓掌，吼声震天：

"新郎新娘！恭喜恭喜！"

雨凤和云飞，双双起身，举起酒杯，答谢宾客。大家起哄，鼓掌，吼着：

"新郎，讲话！新郎，讲话！新郎，讲话！"

云飞脸红红的，被这样浓郁的幸福和欢乐涨满了，举着酒杯，不知该说什么好。半天，才勉强平定了自己激动的情绪，对宾客们诚挚地说：

"谢谢各位给我们的祝福！坦白说，我现在已经被幸福灌醉了，脑子里昏昏沉沉的，简直不知道该说什么好！就像郑先生说的，这条路我们走得很辛苦，也付出了很惨痛的代价，才换得今天！我终于证明了我自己常说的话，'这个世界因为爱，才变得美丽！'但愿各位，都有这么美丽的人生，都能分享我们的喜悦！谢谢！谢谢！让我和雨凤，诚心诚意地敬各位一杯酒！"

云飞和雨凤双双举杯，爽气地一口干了酒杯。

宾客掌声雷动，久久不绝。

雨凤和云飞，刚刚坐定。忽然间，一个高亢的歌声响了起来：

"喂……叫一声哥哥喂，叫一声郎喂……"

全体宾客惊奇不已，大家又站起身来看。雨凤和云飞也惊奇地睁大眼睛。

只见雨鹃带着小三、小四、小五，全部穿着红衣，列队走向雨凤。雨鹃唱着歌：

"郎对花，妹对花，一对对到小桥下，只见前面来个人……"

三个弟妹就合唱：

"前面来的什么人？"

"前面来的是长人！"雨鹃唱。

"又见后面来个人……"弟妹合唱。

"后面来的什么人？"雨鹃唱。

"后面来的是矮人！"弟妹合唱。

"左边又来一个人！"雨鹃唱。

"左边来的什么人？"弟妹合唱。

"来个扭扭捏捏，一步一蹭的大婶婶……"雨鹃唱。

"哦，大婶是什么人？"弟妹合唱。

"不知她是什么人。"雨鹃唱。

雨鹃就唱到一对新人面前去：

"妹妹喂……她是我俩的媒人……要给我俩说婚配，选个日子配成对！"

四个人欢声地合唱：

"呀得呀得儿喂，得儿喂，得儿喂……呀得呀得儿喂，得儿喂，得儿喂……"

这个节目太特殊了，宾客如疯如狂，拼命地拍掌叫好。

云飞和雨凤太意外了，又惊又喜，根本不知道他们是什么时候练的，感动得一塌糊涂。梦娴、齐妈从来没有看过这样的节目，又是稀奇又是感动。金银花和郑老板，也笑得合不拢嘴。拼命鼓掌。

掌声中，雨鹃带着弟妹们，歌声一转，变为合唱，齐声唱起《祝福曲》。

　　恭喜恭喜恭喜，恭喜恭喜恭喜！恭喜一对璧人，今日喜结连理！

　　多少狂风暴雨，且喜都已过去，多少甜甜蜜蜜，种在大家心底！

　　恭喜恭喜恭喜，恭喜恭喜恭喜，我们齐聚一堂，高唱祝福歌曲：

　　愿你天长地久，直到生生世世，没有痛苦别离，永远欢天喜地！

　　恭喜恭喜恭喜，恭喜恭喜恭喜，恭喜恭喜恭喜，恭喜恭喜恭喜……

歌声在一片重复的恭喜中结束。

雨凤激动得眼圈都红了，低喊着：

"不行，我要哭了！我顾不得什么形象了！"

雨凤就离席，奔上前去，将弟妹们一拥入怀，喊着：

"谢谢你们！谢谢你们！谢谢你们……"

全体宾客，都早已知道这五个兄弟姊妹家破人亡的故事，这时，全部站起来热烈鼓掌。

梦娴、齐妈、阿超、郑老板、月娥、珍珠、小范……个个感动。

欢乐的气氛，高涨在整个大厅里。

同一时间，云翔正在警察厅的拘留所里大呼小叫：

"来人啊……来人啊……"

昏黄暗淡的光线下，云翔被剥得只剩下白色的里衣里裤，脸上被揍得青一块，紫一块，白色里衣上也是污渍处处，整个人狼狈无比。他趴在铁栏杆上，不断喊着：

"喂！喂！有谁在外面？来人啊……"

那些脏兮兮的犯人，有的穿着他的上衣，有的穿着他的裤子，有的穿着他的背心，连他的怀表，都在一个犯人胸前晃荡。

"来人啊！来人啊……赶快把我弄出去呀！黄队长……只要你去告诉我爹，我给你大大的好处！听到没有？"他嘶哑地大叫，"我是展家二少爷啊！谁去给我家报个信，我出一百块……两百块……三百块……"

一个犯人凶狠狠地扑过来，大吼着：

"你有完没完？吵得大家都不能睡觉！你再吵，我把你内衣都给扒了！"

立刻，群情激愤，个个起而攻之：

"你是展家二少爷，我还是展家大少爷呢！"

"真倒霉，怎么关了一个疯子进来……吵死了！闭口！再吵我们就不客气了！"

犯人们向他逼近，他大骇，放声惨叫：

"你们不能把我关在这儿不理呀！快去告诉我爹呀……"

一个犯人伸出一只脏手，去摸他的面颊：

"儿子，别叫了，爹来了……"

云翔急遽后退，缩进墙角：

"别碰我，别碰我……啊……"他快发疯了，仰头狂叫："展云飞！我跟你誓不两立……誓不两立……"

云飞一点也不知道云翔的事，他沉浸在他的幸福里，脑子里除了雨凤，就是雨凤。

经过一整天的热闹，晚上，一对新人终于进了洞房。

红烛高高地烧着，爆出无数的灯花。

雨凤坐在床上，他坐在她身边，两人痴痴对看，浑然忘我。

半晌，他情不自禁地握住了她的双手，虔诚地、真挚地、深情地说：

"你这么美丽，浑身都焕发着光彩。今天掀开喜帕那一刹那，我看着你，眼前闪过了所有我们从相识以来的画面：初相见的你，落水的你，唱曲的你，刺我一刀的你，生病的你，淋雨的你……直到现在这个你！我觉得简直有点像做梦，不相信这个新娘，真的是我的！我想，我这一生，永远会记得每一个刹那的你，尤其是今天的你！我的新娘，你会一辈子是我的新娘，当我们老的时候，当我们鸡皮鹤发的时候，当我们子孙满堂的时候，你还是我的新娘！"

雨凤感动极了，一瞬也不瞬地看着他。两人依偎片刻，他怜惜地说：

"好漫长的一天，终于，只有我们两个人了！累不累？"

"很累，可是，很兴奋。"她凝视他，眼中漾着醉意，"人，可以这样幸福吗？可以这样快乐吗？会不会太多了？"

他拥住她：

"傻姑娘，幸福和快乐，永远不嫌多！"

"可是，它太多了呀！我整个人，都装不下了！人家有钱人，常常对穷人施米、施药、施钱什么的，我们可不可以去'施幸福''施快乐'，让那些不知道什么是幸福和快乐的'穷人'，都能分享我们的幸福！"

"今晚在待月楼，我们不是拼命在'施'吗？"

她的唇边漾起一个梦似的微笑：

"是啊！我们在'施'，就不知道他们收到没有？"她深深地吸了一口气，满足地说："此时此刻，我希望全天下的人都快乐！"

他看着这样的她，不禁动情。好不容易，她是他的了，他心中荡起一阵温柔，一阵激动，就俯下头去，吻住了她的唇。

她微微颤动了一下，就情不自禁地反应着他。

他的唇，从她的唇上，滑到她的头颈，吻着她后颈上细细的发丝，双手轻轻地、温柔地解开她的上衣。

她的衣服滑下肩头。他在她耳边低语：

"你完完全全是我的了！"

她羞涩地垂下头去，吐气如兰：

"是。"

云飞忽然一阵颤栗。有个阴影猛地袭上心头，他帮她把衣服拉上，从床上站起来，很快地走开去。

她吃了一惊，抬头悄眼看他。只见他站在窗前，望着窗外的月亮出神。她一阵心慌意乱，想着，思索着。

红烛高烧。这是洞房花烛夜啊！

她忍不住滑下床，轻轻地走到他身边，在他耳畔低语：

"不可以把今天晚上，和你生命中的另一个晚上，联想在一起，我会吃醋的！"

他回头，凝视她：

"不是你想的那样！而是我……太爱你！这么爱你，这么珍惜，所以，我有些害怕……我现在才知道，我心底埋着一个深深的恐惧，好怕幸福会……会……"

他说不下去，只是痴痴地看着她。

她明白了，轻声地、温柔地说：

"不会的！我们的幸福，不会随随便便飞走！我要帮你生儿育女！我很健康，从小就在田野里跑来跑去，不是一个脆弱的女人！我的娘，生了五个孩子，没有因为生产发生过困难。我好感激我的爹娘，生了我们五个，让我们凝聚成一股力量，这种友爱，真是一种幸福！如果没有弟弟妹妹，我一定没有这么坚强！我也要给你生好多孩子，让我们的孩子享有这种幸福！你放心，我不是映华，我不会那么脆弱，我跟你保证！所以，不要害怕！尽管爱我！"

他盯着她，没想到她说得那么坦白。他摇头叹息：

"雨凤啊！你实在太聪明了！我不知道怎样才能少爱你一点，你把我看得这么透，让我这么神魂颠倒，我要怎么办呢？"

她就主动地抱住了他，热烈地低喊：

"占有我吧！拥有我吧！我拼了命保存我的清白，就为了今天晚上，能够把我的人，连同我的心，一起完整地交给你！"

他被她这样的热情燃烧着，鼓动着，心醉神驰，再难遏止，一把抱起她。

两人的眼光紧紧相缠，他抱着她走向床前。

两人就缠缠绵绵滚上床。

他们在卿卿我我的时候，雨鹃和阿超也没闲着。两人坐在客厅里，感染着婚礼的喜悦，夜深了，两人都了无睡意。谈这个，谈那个，谈个没完。雨鹃感动地说：

"好美啊！我从来没有看过这么隆重，这么盛大，又这么美丽的婚礼，我感动得不得了，你呢？"

"我也是！"

雨鹃凝视他，想了想，说：

"阿超，我告诉你，我一直说，我要一个和雨凤一样的婚礼，那是逗你的！我们两个，不要这么铺张了，简简单单就可以了！雨凤毕竟是大姊，而且慕白身份特殊，这才需要隆重一点！我们两个，不能让郑老板再来一次，这个人情会欠得太大！"

阿超仔细看她，说：

"你说的是真话吗？如果没有这样的排场，你会失望的！感觉上，你不如雨凤，好像是你'下嫁'了！"

雨鹃笑着，甜甜地看着他：

"不要把我想得太平凡了！如果我要排场，嫁给郑老板就好了！选择了你，就准备跟你过简单而幸福的生活。你就是我的排场，真的！"

阿超听得好高兴，心里被热情烧得热烘烘的，看着她一直笑。

"你笑什么？笑得怪怪的。"

他把她一抱，大胆地说：

"那我们沾他们的喜气，今晚就'洞房'好不好？"

她跳起身，又笑又跑：

"你想得好！我也不至于'平凡'到那个地步！"

他笑容一收，忽然正色说：

"不跟你开玩笑了！雨鹃，我这一生能够得到你，好像瞎猫捉到死老鼠，真是误打误撞的运气……"

她一听，好生气：

"你这个人，会不会讲话？"

"怎么了？哪一句不对？"

"如果慕白这样追雨凤，一定结不了婚！你就算不把我比成花啊月亮啊，也别把我比成死老鼠呀！"

"我是在说我自己像瞎猫……那么，是'瞎猫捉到活老鼠'，好不好？我是瞎猫，你是活老鼠！行了吧？"

她气得哇哇大叫：

"活老鼠比死老鼠也强不了多少！何况，这只'活老鼠'会被'瞎猫'逮到，看样子，一定是一只'笨老鼠'！"

他瞪着她，鼓着腮帮子说：

"你看，我准备了一肚子的甜言蜜语，被你这样一搅和，全部都给堵回去了！"

"哦？你准备了一肚子的'甜言蜜语'，那你说来听听看！"她稀奇极了。

"每次你堵我的话，我就忘了要说什么！现在，又都忘啦！"

雨鹃又好气，又好笑，又无奈：

"我看，我有点苦命！"

阿超热烈地盯着她，心里热情奔放，嘴里居然一连串地说了出来：

"你不会苦命，虽然我说的甜言蜜语不怎么甜，不怎么动听，对你的心是火热的！以后，生活里有苦，我先去尝，有辛劳，我先去做！拼了我的命，我也不会让你受苦！我顶在那儿，不能成为你的'天'，最起码，成为你的'伞'，下雨天，我挡着，太阳天，我遮着！"

雨鹃睁大了眼睛，大出意料之外。半晌，才回过神来，感动得一塌糊涂，大叫：

"哇！这是我听过的最美的话了！我这只'笨老鼠'，只好认栽，栽进你这只'瞎猫'的怀里去了！"

她说完，就一头栽进他的怀里。

他笑着，抱住她。两人紧紧相拥，融化在一片幸福中。

塘口的新房里，浓情如酒，醉意盎然。展家的庭院里，却是人去楼空，满目萧条。

祖望过了一个寂寞的晚上，云飞离家了，连云翔也不见了。纪家父女三个，根本不肯露面。展家，从来没有这样冷冷清清过，他被一种失落的感觉，牢牢地捉住了。

婚礼第二天，祖望才知道云翔竟然关在牢里！来报信的是黄队长：

"咱们厅长交代，只要有人去闹婚礼，不管是城南还是城北的人，一概抓起来！展二爷一早就骑了马，要冲进迎亲队伍里去，没办法，只好抓起来了！"

祖望惊得目瞪口呆，品慧已经尖叫起来：

"怪不得一个晚上都没回家！黄队长，我们和你们厅长是什么交情，你居然把云翔给关了一夜？哪有这个道理！现在，人呢？"

黄队长慢条斯理地说：

"现在，人还在拘留所里，等你们去签个字、立个保，我们才能放人！"

祖望气急败坏地喊：

"什么叫签个字？立个保？要签什么字？立什么保？"

"要签你展老爷子的名字，人是你保出去，你要负责！要保证他以后不会再去苏家捣乱，否则，我们不能放人！"

"什么苏家？哪一个苏家？"品慧气糊涂了。

"就是苏慕白先生的家啊！说苏慕白你们搞不清楚，说展云飞你们总知道是谁了吧！我们奉命，对苏慕白全家大大小小，做'重点保护'！"

品慧气得快厥过去，急喊：

"老爷子！这是什么荒唐事儿？怎么会有这种事？你还不快去把云翔保出来，他从小到大，哪里受过这样的委屈？"

"老罗！老罗！去请纪总管！让他赶快去办一下！"祖望回头急喊。

黄队长一拦，对祖望笑了笑：

"还是麻烦您亲自跑一趟吧！您老得亲自签字，我们才能放人！纪总管恐怕没这个分量！没办法，我们也是公事公办！"

"老爷子呀！你快去吧！"品慧喊得天摇地动，"云翔在牢里，怎么受得了呀！会出人命的呀……"

祖望被品慧喊得心慌意乱，再也不敢耽搁，跟着黄队长，就直奔拘留所。

到了拘留所，只见云翔穿着内衣内裤，满脸瘀伤，缩在墙脚。

云翔听到人声，他一抬头，看到祖望，好像看到了救星。他跳起身子，合身扑在栏杆上，嘶哑地大喊：

"爹！快把我弄出去，快把我弄出去！这儿关着好多疯子，我快要被他们撕成好多片了！爹……"

祖望看到他这么狼狈，大惊失色，回头看黄队长：

"怎么会这样？你们打他了？"

"哪有打他？不过把他跟几个流浪汉关在一起罢了！"

黄队长开锁，牢门豁啦一声打开。

云翔蹿了出来，一反手就抓住黄队长胸前的衣服，咆哮地喊：

"你把我和这些土匪流氓关在一起，他们扒了我的衣服，抢了我的钱袋，你这儿还有王法没有……"

"他们都是无家可归的穷人，你展二少爷有钱有势，就当是救济贫民吧！还好我把你跟他们关在一起，不过扒了你的衣服，如果真正跟犯人关在一起，你这么吵闹，大概早就扒了你的皮！"

云翔气疯了，对黄队长大吼：

"我要告你！你吃里扒外，你这个卑鄙小人！"

黄队长大怒，回头喊：

"来人呀！把他关回去！"

警察们大声应着，就一拥而上。祖望急忙上前拦住，忍气吞声地赔笑：

"好了，好了！他关了一夜，难免脾气暴躁，你们不要跟他一般见识，让我带他回家吧！"连忙对云翔使眼色："云翔，不要放肆！有话，回家再说！"

云翔看到警察上前，再看那间牢房，早已吓得魂飞魄散，不敢多说。

"好了！展老爷子，人呢，交给你带回去！你签的字、立的保可别忘了！这次，我们只不过留了他一夜，下一次就没有这么便宜了！"

祖望憋着气，拼命按捺着自己，拉着云翔回家去。

云翔这口气怎么咽得下去，走进家门，一路上咬牙切齿地大骂：

"云飞在那儿神气活现地迎亲，马队搞了一大群，我不过骑匹马过去，就这样对付我！黄队长他们，现在全部胳臂肘向外弯，什么意思？爹！我今天败在云飞手里，栽在云飞手里，受到这样的奇耻大辱，不是我一个人输，是你跟我一起输！云飞假如没有郑老板撑腰，哪有这么嚣张！今天抓我，说不定明天就抓你！我非报这个仇不可……"

祖望的情绪跌进谷底，在失落之余，还有苍凉。没想到一场"家变"，演变成"南北斗法"，而自己，已经兵败如山倒！他思前想后，心灰意冷：

"我劝你算了，别再去惹他们了，我是签了字把你保出来的，再出问题，恐怕大家的日子都不好过！就算我从没生过那个儿子，让他们去自生自灭吧！"

"爹！你这说的是什么话！他把我在监牢里关了一夜，还被那些流浪汉欺负，我怎么忍这口气！我们展家，真正的夜枭不是我，是云飞，他真的心狠手辣，什么父母兄弟，一概不认，只认郑老板！和他那个能够居中穿线的'老婆'！哇……"他狂怒地暴跳着，"我受不了！受不了！"

品慧心痛得快死掉了，跟在旁边也火上加油：

"老爷子，这实在太过分了！云飞不把云翔放在眼里，也就算了，他现在根本就是在跟你'宣战'，你当作没有生他，他并不是就不存在了！他投靠了郑老板，动用官方势力抓云翔，我们以后，还有太平日子可过吗？只怕下一步，就是要把你给'吃了'！你怎么能不管？"

祖望脸色灰暗，郁闷已极：

"这个状况，实在让我想都想不到！我看，要把纪总管和天尧找来，大家商议商议！"就直着脖子喊："小莲！小莲！"

小莲奔来。

"去请纪总管和天尧过来一下！"

"我想……他们忙着，恐怕过不来！"小莲嗫嚅着。

"什么叫过不来？"

"老爷，二少奶奶的病好像很严重，他们心情坏得不得了，真的过不来。"

祖望一惊，回头看品慧：

"天虹怎样了？你没有天天过去看吗？"

品慧没好气地说：

"有你的'大老婆'天天过去看，还不够吗？"

云翔听到"天虹"二字，气又往上冲：

"她哪有什么毛病？昨天我出去的时候，她跑出来骂我，骂得顺溜得不得了！她说我……"想到天虹的措辞，气更大了，痛喊出声："天啊，我真是世界上最倒霉的人了！"

天虹的情况真的不好。孩子失去了，她的心也跟着失去了。她的意志、思想、魂魄、精神……全部都陷进了混乱里。不发病的时候，她就陷在极度的消沉里，思念着孩子，简直痛不欲生。发病的时候，她就神志昏乱，不清不楚。

这天，她又在发病。梦娴和齐妈得到消息，都过来看她。

梦娴走进她的卧房，就看到她形容憔悴，弱不禁风地站在桌子前面。桌子上堆满了衣料，她拿着剪刀和尺，在那儿忙忙碌碌地裁衣服，忙得不得了。桌上，已经有好几件做好的衣服，春夏秋冬都有，全是婴儿的衣服。

纪总管一脸的沉重和心痛，站在旁边看，束手无策。

天虹看见梦娴和齐妈，眼中立刻闪出了光彩，急忙跑过来，把手中针线，拿给她们看：

"大娘，齐妈，你们来得正好，帮我看看，这小棉袄我做得对，还是不对？棉花是不是铺得太厚了？我怕天气冷，孩子会冻着，多铺了一点棉花，怎么看起来怪怪的？"

齐妈和梦娴交换了一个注视，都感到心酸极了。纪总管忙对梦娴鞠躬：

"太太，又要麻烦你了！你看她这样子，要怎么办？"

"先别急，我们跟她谈谈！"

齐妈握着那件小棉袄，难过地看了看：

"天虹，你的手好巧，工做得那么细！"

天虹对齐妈笑。

"你看！"她翻着棉袄，"我怕线疙瘩会让孩子不舒服，每个线疙瘩，我都把它藏在里面！你摸摸看，整件衣服，没有一个线疙瘩！"

梦娴看得好担心，转头低问纪总管：

"她这个样子，多久了？"

"从昨天中午到现在，就没有停过手，没吃东西，也没睡觉。"

"大夫瞧过了吗？"

"换了三个大夫了，大家都说，没办法，心病还要心药医！可这'心药'，我哪儿去找？"

天虹对他们的谈话，听而不闻，这时，又拿了另一件，急急地给齐妈看：

"齐妈，这件，会不会做得太小了？孩子明年三月生，算算，三个月大的时候，天气就热了，对不对？"

天尧实在忍不住了，往她面前一冲，抓住她的胳臂，摇着，喊着：

"天虹！你醒一醒！醒一醒！没有孩子了，你拼命做小衣服干什么？你要把大家急死吗？一个小孩没有那么重要！"

天虹大震，急遽后退，惊慌失措地看着天尧：

"有的！有的！你为什么要这样说？"她急忙抬头看梦娴，求救地、害怕地喊："大娘……你告诉他，他弄不清楚！"

"你才弄不清楚！你的孩子已经掉了，被云翔一场大闹弄掉了！你记得吗？记得吗？"天尧激动地大喊。

"大娘！大娘！"她求救地扑向梦娴。

梦娴忙奔上前去，抱住了她，对天尧摇摇头：

"不要那么激烈，跟她好好说呀！"

纪总管眼中含泪了：

"怎么没有好好说，说得嘴唇都干了！她根本听不进去！"

天虹瑟缩在梦娴怀里，浑身发抖，睁大眼睛，对梦娴说：

"等孩子出世了，我搬去跟你一起住，好不好？我爹和我哥，对孩子的事，都一窍不通。你和齐妈，可以教着我，我们一起带他，好不好？我和雨凤有一个约会，将来，她要带着她的孩子，我带着我的孩子，我们要在一起玩！把所有的仇恨通通忘掉！雨凤说，我们可以有这样的梦！"

梦娴心中一痛，把她紧拥在怀中：

"天虹啊！你要给自己机会，才能有那一天呀！你还可以有下一个呀！让我们把所有的希望，放在以后吧！你要面对现实，这个孩子，已经失去了！"

天虹一个寒颤，倏然醒觉：

"孩子没有了？"她清醒了，看梦娴，需要肯定地："真的没有了？失去了？"

"没有了！但是，你可以再怀再生呀！"梦娴含泪说。

她蓦地抬头，眼神凄绝：

"再怀再生？再怀再生？"她凄厉地大喊："怎么再怀再生？我恨死他！恨死他！恨死他！我这么恨他，怎么会再有孩子？他连自己的孩子都杀……他不配有孩子！他不配有孩子！"

她一面喊着，一面挣开梦娴，忽然对门外冲去。

"天虹！你要去哪里？"梦娴惊喊。

天尧奔过去，一把抱住天虹。她极力挣扎，大吼：

"我要去找他！我要杀掉他！那个魔鬼！凶手……"她挣扎着，痛哭着："他知道我有多爱这个孩子，他故意杀掉我的孩子，我求他，我跪他，我拜他，我跟他磕头……他就是不听，他存心杀掉他！怎么会有这样的爹？怎么会给我遇到？"

纪总管心都碎了，过来揽住她，颤声说：

"你心里的苦，爹都明白……"

天虹泣不成声，喊着："你不明白……我要我的孩子，我要我的孩子，我要我的孩子……"

她喊着喊着，没力气了，倒在父亲怀里啜泣着："上苍已经给了我希望，为什么又要剥夺掉？我什么都没有，所有属于我的幸福，一样样都失去了。我只有这个孩子，为什么也留不住？为什么？为什么？"

梦娴、齐妈、纪总管、天尧都听得泪盈于眶了。

26

展家虽然已经陷在一片愁云惨雾里，塘口的云飞新家，却是浓情蜜意的。

云飞和雨凤，沉浸在新婚的甜蜜中，如痴如醉。每个崭新的日子，都是一首崭新的诗。他们早上起床，会为日出而笑。到了黄昏，会为日落而歌。没有太阳的日子，他们把天空的阴霾，当成一幅泼墨画。下雨的时候，更是"画堂人静雨蒙蒙，屏山半掩余香袅"。至于月夜，那是无数无数的诗。是"云破月来花弄影"，是"情高意真，眉长鬓青，小楼明月调筝，写春风数声"，是"月上柳梢头，人约黄昏后"，是"明月几时有，把酒问青天"。云飞喜欢看雨凤的每个动作，每个表情。觉得她的每个凝眸，每个微笑，每个举手投足，都优美如画，动人如诗。他就陶醉在这诗情画意里，浑然忘却人间的烦恼和忧愁。不只他这样，家里每一个人都是这样。雨鹃和阿超也被这种幸福传染了，常常看着一对新人笑，笑着笑着，就会彼此也傻笑起来，好像什么事情都能让人笑。小三、小四、小五更是这样，有事没事，都会开怀大笑起来，把那欢乐的笑声，银铃般抖落在整个房子里。

这种忘忧的日子持续了一段时间，直到郑老板来访。

郑老板把一些几乎尘封的仇恨又唤醒了，把一些几乎已经忘怀的痛苦又带到了眼前。他坐在那间仍然喜气洋洋的客厅里，看着雨鹃和雨凤，郑重地说：

"雨鹃，我答应你的事，一直没有忘记。你们姊妹的深仇大恨，我也一直放在心里。现在，时机已经成熟了，你们还要不要报仇？"

雨鹃眼睛一亮，和展夜枭的仇恨，像隐藏的火苗，一经点火，就立刻燃烧起来。她兴奋地喊：

"你有报仇的方法了？什么方法？快告诉我！"

雨凤、云飞、阿超都紧张起来。

"本来，早就要跟你们说，但是，慕白和雨凤正在新婚，让你们先过几天平静的日子！现在，你们可以研究一下，这个仇，到底要报还是不要报？"郑老板看着云飞，"如果你还有顾虑，或是已经不愿追究了，我也是可以理解的！"

云飞愣了愣，还没回答，雨鹃已经急切地追问：

"怎么报呢？"

"你们大概还不知道，我把阿文他们全体弄过来了！展家的夜枭队，现在都在我这儿！"

"我知道了，那天在喝喜酒的时候看到阿文，他都跟我说了！"阿超说。

"好，削弱展家的势力，必须一步一步地做。这件事，我已经进行了一段时间。基本上，我反对用暴力。如果来个南北大械斗，一定伤亡惨重，而且私人之间的仇恨会越结越深，绝对不是大家的福气。但是，这个展夜枭的种种行为，实在已经到了让人忍无可忍的地步！我用了一些时间，找到原来在溪口居住的二十一户人家，他们大部分都是欠了展家的钱，被展夜枭半夜骚扰，实在住不下去，很多人都被打伤，这才纷纷搬家。大家的情形都和寄傲山庄差不多，只是，寄傲山庄闹到失火死人，是最严重的一个例子！"

大家都聚精会神地听着。

"你们也知道，桐城的法律，实在不怎么公平，像在比势力，不是比道理！可是，天下不是只有桐城一个地方，而且，现在也不是无政府状态！我已经说服了这二十一户人家，联名控告展夜枭！"

"大家都同意了吗？"雨鹃问。

"大家都同意了！但是，你们萧家是第一户，你们五个兄弟姊妹，必须全部署名！这张状子，我经过部署，可以很快地通过地方，到达北京！我有把握，马上把展夜枭送进大牢！整个夜枭队，都愿意为当初杀人放火的行为作证！所以，这个案子一定会赢。这样，我们用法律和道义来制裁他，无论如何，比用暴力好！你们觉得怎么样？"

雨凤看云飞，雨鹃看雨凤，云飞看阿超。大家看来看去。

"你确定告得起来吗？是不是还要请律师什么的？"雨凤问。

"请律师是我的事，你们不用管！这不是一个律师的事，而是一个律师团的事！你们要做的，就是在状子上签名，到时候，可能要去北京出庭。我会把一切都安排好，如果告不起来，我今天也不会来这一趟，也不会跟你们说了！"

"如果我们赢了，展夜枭会被判多少年？"雨凤再问。

"我不知道，我想，十年以上，是跑不掉的！等他关了十年再出来，锐气就磨光了，展家的势力也瓦解了，那时候，他再也构不成威胁了！"

云飞听到这儿，脸色一惨，身子就不自禁地打了个寒颤。

雨鹃却兴奋极了，越想越高兴，看着雨凤，大声地说：

"我觉得太好了！可以把展夜枭关进牢里去，我夜里做梦都会笑！这样，不但我们的仇报了，以后，也不用担心害怕了！我们签名吧！就这么办！"她再看郑老板："状子呢？"

"状子已经写好了，你愿意签字，我明天就送来！"

雨凤有些犹疑，眼光不断地看向云飞：

"慕白，你的意思怎样？"

云飞低下头，想了好半天。在这个幸福的时刻，来计划如何削弱展家，如何囚禁云翔，他实在没有办法，让自己同仇敌忾。他心有隐痛，神情哀戚，对郑老板说：

"我们再考虑一下好不好？"

"好啊！你们考虑完了，给我一个答复！"郑老板看看大家，"你们心里一定有一个疑问，做这件事，对我有什么好处？我坦白告诉你们，我最受不了欺负女人的男人，还有欺负弱小的人！我没有任何利害关系，只是路见不平，想主持一下正义！"

"我知道，你已经一再对'城南'警告过了，他们好像根本没有感觉，依然强行霸道！你这口气不出，也憋不下去了！"雨鹃说。

"雨鹃真是聪明！"郑老板一笑，看着雨鹃和阿超，"正事谈完了，该研究研究你们两个的婚事了！日子选定没有？"

阿超急忙说：

"我和雨鹃，决定简简单单地办，不要那么铺张了！"

"再怎么简单，这迎娶是免不了的！我这个女方家长，还是当定了！"他对阿超直笑，"这是我最大的让步，除非，你让我当别的！"

阿超急忙对他深深一鞠躬，一迭连声地说：

"我迎娶！我迎娶！我一定迎娶！"

雨鹃笑了，大家也都笑了。

云飞的笑容里，带着几分勉强和萧索。雨凤悄眼看他，就为他的萧索而难过起来。

郑老板告辞之后，云飞就一语不发地回到卧室里。雨凤看他心事重重，身不由己，也追进卧室。只见云飞走到窗前，站在那儿，望着窗外的天空，默默地出着神。雨凤走到他的身边，柔声问：

"你在想什么？"

"我在跟你爹'谈话'！"

雨凤怔了怔，看看天空，又看看他：

"我爹跟你说：'得饶人处且饶人'吗？"

"你连你爹说什么都知道？"

"我不知道我爹说了什么，我知道你希望他说什么。"她凝视他，深思地说，"郑老板的方法，确实是面面俱到！你曾经想杀他，这比杀他温和多了！一个作恶多端的人，我们拿他没办法，如果王法拿他也没办法，这个世界就太灰暗了！"

"你说的很有理。"他闷闷地说。

"如果我们由于不忍心，或者，你还顾虑兄弟之情，再放他一马，就是把这个隐形杀手，放回这个社会，你能保证他不再做坏事吗？"

他沉吟不语，只是看着她。他眼神中的愁苦，使她明白了：

"你不希望告他？"

他好矛盾，叹了一口长气：

"我恨他！真的恨之入骨！尤其想到他欺负你那次，我真的恨不得杀掉他！可是，我们现在好幸福。在这种幸福中，想到整个展家的未来，我实在心有不忍！这个案子，绝不是单纯地告云翔，我爹也会受牵连！如果你签了这个字，对于我爹来说，是媳妇具名控告他，他的处境，实在可怜！在桐城，先有我大张旗鼓地改名换姓，再有你告云翔一状，他怎么做人？"

"我以为……你已经姓苏了！"

"我也以为这样！想到云翔的可恶，想到我爹的绝情，我对展家真是又气又恨！可是，真要告他们，事到临头，还是有许多的不忍！郑老板那么有把握，这件事一定会闹得轰轰烈烈，人尽皆知！如果云翔因为你告他而被判刑，我爹怎么活下去？还有天虹呢？她要怎么办？"

雨凤被问住了，正在寻思，雨鹃冲开了房门，直奔进来，往云飞面前一站，坚决而果断地说：

"慕白！你不要三心二意，优柔寡断！我知道，当我们要告展家的时候，你身体里那股展家的血液，就又冒出来了！自从我爹死后，我也经历过许许多多事情，我也承认爱比恨幸福！可是，展夜枭坏得不可思议，不可原谅！如果今天我们必须杀他，才能报仇，我就同意放手了！现在，我们不必杀他，不必跟他拼命，而是绳之以法，你实在没有道理反对！如果你真的爱雨凤，不要勉强她做圣人！姑息一个坏蛋，就是作践自己！因为你实在不知道，他还会不会再来欺负我们！"

云飞看着坚决的雨鹃，心里愁肠百结，忧心忡忡，他抬眼看了看跟着雨鹃进门的阿超。

阿超和云飞眼光一接触，已经心领神会，就慌忙对雨鹃说：

"雨鹃，我们先不要这么快做决定！大家都冷静一点，想一想！"

雨鹃掉头对阿超一凶：

"还想什么想？你下不了手杀他，我们一大群人，一次又一次被他整得遍体鳞伤，拿他就是无可奈何！现在，这么好的机会，我们再放掉，以后被欺负了，就是自作自受！"

"我发誓，不会让你们再被欺负！"阿超说。

雨鹃瞪着阿超，大声说：

"你的意思是，不要告他了？"

"我的意思是，大家研究研究再说！"

雨鹃再掉头看云飞，逼问：

"你的意思呢？告，还是不告？"

云飞叹了口气：

"你已经知道了，当这个时候，我展家的血液就冒出来了！"

雨鹃气坏了，掉头再看雨凤：

"雨凤，你呢？你怎么说？"

雨凤不说话，只是看云飞。

雨鹃一气，用双手抱住头，大喊：

"你们会把我弄疯掉！这种妇人之仁，毫无道理！雨凤，你不告，我带着小三小四小五告！你不能剥夺掉弟妹报仇的机会！"她看着云飞和雨凤，越想越气，大声说："雨凤，什么苏慕白，不要自欺欺人，你还是嫁进展家了！再见！展先生，展太太！"说完，她转身就冲出门去了。

雨凤大震，立刻喊着，追出门去：

"雨鹃！不要这样子！你不要生气！雨鹃……雨鹃……"

阿超跟着追出去，喊着：

"雨鹃！大家好好研究呀！不要跑呀……"

云飞见大家转瞬间都跑了，心里一急，身不由己，也跟着追出门去。

雨鹃奔进院子，跳上一辆脚踏车，打开大门，就往外面飞快地骑去。雨凤看到她骑车走了，急忙也跳上一辆脚踏车，飞快地追了上去。

小三、小五跑出来，惊奇地大叫：

"大姊！二姊！你们去哪里？"

雨鹃充耳不闻，一口气骑到公园里，来到湖边。雨凤已经追了过来，不住口地喊：

"不要这样！我们好好谈嘛！"

雨鹃跳下脚踏车，把车子往树下一推。雨凤也停了下来。姊妹俩站在湖边，雨鹃就气呼呼地说：

"我早就跟你说，不管他改不改名字，不管他和家里断不断绝关系，他就是展家人，逃都逃不掉！你不信！你看，现在你嫁了他，自己的立场也没有了！郑老板这样用尽心机，筹划那么久，部署那么久，才想出这么好的办法，结果，我们自己要打退堂鼓，这算什么嘛？"

"我并没有说我不告呀！只是说，大家再想想清楚！"

"这么单纯的问题，有什么好想？"

两人正谈着，阿超骑着家里仅剩的一辆脚踏车，车上，载着云飞、小三、小五三个人，像表演特技一样，丁零丁零地赶来了。阿超骑得气喘吁吁，小三小五以为又是什么新鲜游戏，乐得嘻嘻哈哈。大家追上了两姊妹，跳下车。阿超不住挥汗，喊：

"哇！要累死我！你们姊妹两个，以后只许用一辆车，留两辆给我们！要生气跑出门，最好用脚跑，免得我们追不上，大家下不了台！"

小三和小五莫名其妙地看着大家。

"你们不是出来玩呀!"小三问。

雨鹃把小三一拉,大声问:

"小三!你说,你还要不要报杀父之仇?如果有办法把那个展夜枭关进牢里去,我们要不要关他?"

"当然要啦!他关进牢里,我们就再也不用害怕了!"小三叫着。

"小五!你说呢?要不要把那个魔鬼关起来?"

"要要要!"小五拼命点头。

云飞皱了皱眉头,上前一步,看着雨鹃,诚恳地说:

"雨鹃,你不用表决,我知道,你们的心念和意志有多么坚定!今天,是我一票对你们六票,连阿超,我知道他也站在你们那边,主张让那个夜枭受到应有的惩罚!我今天的'不忍',确实毫无理智!甚至,是对不起你们姊弟五个的!所以,我并不坚持,如果你们都主张告,那就告吧!不要生气了,就这么办吧!"

雨鹃不说话了。

雨凤仔细地看他,问:

"可是,你会很痛苦,是不是?"

云飞悲哀地回答:

"我现在知道了,我注定是要痛苦的!告,我想到展家要面对的种种问题,我会痛苦!不告,你们会恨我,我更痛苦!我已经在展家和你们之间做了一个选择,就选择到底吧!"

"可是，如果你很痛苦，我也会很痛苦！"雨凤呆呆地说。

云飞对她歉然地苦笑：

"似乎你也无可奈何了！已经嫁了我，承受双边的痛苦，就成了必经之路！"

雨鹃听着看着，又气起来：

"你们不要这样'痛苦'好不好？我们要做的，是一件大快人心的事呀！大家应该很起劲、很团结、很开心地去做才对！"

阿超拍拍雨鹃的肩，说：

"你的立场一定是这样，可是，大少爷……"

阿超话没说完，雨鹃就迁怒地对他大喊出声：

"就是这三个字，大少爷！"她指着云飞："阿超忘不了你是他的大少爷，对于你只有服从！你自己也忘不掉你是展家的大少爷，还想维护那个家庭的荣誉和声望！问题就出在这三个字上面：'大少爷'！"

阿超看到雨鹃那么凶，又堵他的口，又骂云飞，他受不了这个！难得生气的他，突然大怒了，对雨鹃吼着说：

"我笨！嘴老是改不过来，你也犯不着抓住我的语病，就大做文章！我以为你这个凶巴巴的毛病已经改好了，结果还是这样！你这么凶，大家怎么过日子？"

雨鹃这一下气更大了，对阿超跳着脚喊：

"我就是这么凶，改不了，你要怎么样？还没结婚！你还来得及后悔！"

雨凤急忙插进来喊：

"怎么回事嘛！大家讨论问题，你们两个怎么吵起来了？还说得这么严重！雨鹃，你就是太容易激动，你不要这样嘛！"

雨鹃恨恨地对雨凤说：

"你不知道，阿超心里，他的'大少爷'永远放在第一位，我放在第二位！如果有一天，他的大少爷要杀我，他大概忠心耿耿地把我杀了！"

阿超气坏了，涨红了脸喊：

"你说的什么鬼话？这样没有默契，还结什么婚！"

雨鹃眼圈一红，跳脚喊：

"你说的！好极了，算我瞎了眼认错人，不结就不结，难道我还会求你娶我吗？"

小五帮着阿超，推了雨鹃一下：

"二姊！你'不可以'骂阿超大哥！他是我们大家的'阿超大哥'，你再骂他，我就不理你了！"

雨鹃更气，对小五吼：

"我看，让他等你长大，娶你好了！"

云飞见二人闹得不可收拾，急忙喊："雨鹃，阿超！你们不要再吵了！这些日子以来，我们生活在一起，团聚在一起，我们七个人，已经是一个密不可分的家庭了！我从一个'分裂'的、'仇恨'的家庭里，走到这个'团结'的、'相爱'的家庭里，对这种'家'的感觉，对这种团结和相爱的感觉，珍惜到了极点！现在，最重要的，是我们不能'分裂'！不管为了什么，我们都不可以恶言相向！不可以让我们的感情，受到丝毫伤害！大家讲和吧！"云飞说着，就一手拉住阿超，一手拉住雨鹃。

"对不起！让你们发生这么大的误会，都是我的错！"他看着雨鹃，"我已经投降了，你也不要把对我的气，迁怒到阿超头上去吧！好不好？"

雨鹃不说话，仍然气呼呼。阿超的脸色也不好。

雨凤过来，抓住雨鹃的手：

"好了好了！雨鹃，你不要再生气了！如果你再气下去，我们大家今天晚上又惨了，一定整晚要听那个劈柴的声音！后院的柴，已经快堆不下了！"

雨凤这句话一出口，雨鹃忍不住扑哧一笑。

阿超瞪她一眼，也讪讪地笑了。

小三终于透了一口气，欢喜地叫：

"好啦！都笑了！二姊不生气，阿超也不用劈柴了！我们大家，也可以回家了吧？"

四个大人，都笑了。但是，每个人的笑容，都有些勉强。

那天晚上，雨鹃心神不宁，一个人在房间里走来走去。对于下午和阿超的一场吵架，心里实在有点后悔，可是，从小她就脾气刚烈，受不了一点委屈。现在，要她去和阿超低声下气，她也做不出来。正在懊恼中，房门一开，阿超推门进来，她回头看到他，心里有些七上八下。

阿超把房门合上，背靠在门上，看着她，正色地说：

"我们应该谈谈清楚！"

"你说！"

"今天在公园里，我们都说了一些很严重的话。这些话如果不谈清楚，以后我们的婚姻一定有问题！我宁愿要痛，让我痛一次，不愿意将来要痛好多次！"

雨鹃凝视他，默然不语。

"从我们认识那天开始，你就知道我的身份，是你让我排除了我的自卑，来接受这份感情，但是，我对……"他好用力才说出那个别扭的称呼，"慕白的忠心，是我的一种本能和习惯，其中，还有对他的崇拜在内。我认为，这种感情和我对你的感情，没有冲突，你今天实在不应该把它们混在一起，一棍子打下来，又打我又打他，这是不对的！你会伤了我的感情，也伤了慕白！这是第一点！"

雨鹃一惊，憋着气说：

"你还有第二点、第三点吗？"

"是！"

"请说！"

"你的这个脾气，说发作就发作，动不动就说一些不该出口的话，实在太过分了！你知道吗？话说出来是收不回去的！就像不要结婚这种话！"

"难道你没有说吗？"她忍耐地问。

"那是被你气的！"

"好！这是第二点，那么，第三点呢？"

阿超就板着脸，一字一字地说：

"现在，还没有结婚，你要后悔，真的还来得及！"

雨鹃心里一痛，整个人都傻住了。

"第四点……"

她重重地吸了一口气：

"还有第四点？"

他郑重地点点头，眼睛炯炯地看着她：

"是！第四点只有三个字，就是我说不出口的那三个字！"

她的心，怦咚怦咚地跳着，两眼紧紧地盯着他看：

"你说完了？"

"是！"

她板着脸说：

"好吧！我会考虑考虑，再答复你，看我们还要不要结婚！"

他的眼神中闪过了一抹痛楚，点点头，转身要出门去。

她立即飞快地奔过来，拦住门，喊：

"你敢走！全世界都没人敢跟我说这么严重的话！以前，连我爹都要让我三分！你难道就不能对我甜一点，让我一点？我就是脾气坏嘛，就是改不好嘛！以后，我的脾气一定还是很坏，那你要怎么办嘛？我看你也好不到哪里去，我吼你也吼，我叫你也叫，还没结婚，先给我上课！你就那么有把握，我不会被你气走？"

他屏住呼吸，凝视她的眼睛，冲口而出：

"我哪有把握，心都快从喉咙口跳出来了！"

"那你不能不说吗？"

"忍不住，不能不说！"

她的脑袋往后一仰，在房门上撞得砰地一响，大叫：

"我就知道，我好苦命啊！哎哟！"头撞痛了，她抱住脑袋直跳。

阿超一急，慌忙去看，抱住她的头，又揉又吹：

"怎么回事？说说话，脑袋也会撞到？"

她用力一挣：

"不要你来心痛！"

"来不及了！已经心痛了！"

她睁大眼睛瞪着他，大叫：

"我总有一天会被你气死！"接着，就大大一叹："算了！为了你那个第四点，我只好什么都忍了！"想想，眼圈一红："可是……"

阿超把她的头，用力往胸口一压，她那声"可是"就堵回去了。他柔声地说：

"不要说'可是'了！好好地嫁我就对了！不过……我的第五点还没说！"

她吓了好大一跳，推开他，惊喊：

"哦？还有第五点，你是存心考验我还是怎么的？不要欺人太甚啊！"

他一脸的严肃，诚恳地说：

"第五点是……关于我们告还是不告，大家先仔细地分析分析，不要那么快回答郑老板！这里面，还有一个真正苦命的人，我们不能不帮她想一想，就是天虹！"

雨鹃怔住了，眼前立刻浮起天虹那张楚楚可怜的脸庞，和那对哀哀切切的眼睛，她不禁深思起来，无言以答了。

天虹确实很苦命。雨凤和雨鹃，都已经苦尽甘来，但是，天虹却深陷在她的悲剧里，完全无法自拔。当萧家正为要不要告云翔而挣扎时，她正寻寻觅觅，在天上人间，找寻她失落的孩子和失落的世界。

这天，她又发病了。手里握着一顶刚完工的虎头帽，她急急地从屋里跑出来，满院子东张西望。纪总管和天尧追在后面喊：

"天虹！天虹！你要到哪里去？"

她站住了，回头看着父亲，神思恍惚地说：

"我要去找云飞！"

纪总管大惊，慌忙拦住：

"你不可以去找云飞！"

她哀恳地看着纪总管，急切地说：

"可是，我有好多话要告诉云飞，他说我是破茧而出的蝴蝶，他错了！我的茧已经越结越厚，我出不去了！只有他才能救我！爹，你们不要囚禁我，我已经被囚禁好久好久了，你让我去找云飞吧！"

纪总管听得心中酸楚，看她说得头头是道，有些迷糊，问：

"天虹，你到底是清楚还是不清楚？你真的要去找云飞吗？为什么？"

天虹迷惘地一笑：

"因为他要吃菱角，我剥好了，给他送去！"

纪总管和天尧对看，都抽了一口冷气。天尧说：

"爹！拉她进去吧！"

父子二人，就过来拉她。她被二人一拉，就激烈地挣扎起来：

"不要！不要！不要拉我！放开我呀！为什么要这样对我呢？为什么不让我出门呢？"她哀求地看着父亲，心碎地说："爹！云飞走的时候，我答应过云飞，我会等他一辈子，结果我没等，我依你的意思，嫁给云翔了！"

纪总管心里一痛，凄然地说：

"爹错了！爹错了！你饶了爹吧！快跟爹进去！"就拼命去拉她。

天虹叫了起来：

"不！不！不！放开我呀……放开我呀……"

三个人正拉拉扯扯中，云翔过来了，看到这个状况，就不解地问：

"你们在干什么？"

纪总管见到云翔，手下一松，天虹就挣开了，她抬起头来，看到云翔，顿时怒发如狂，大叫：

"你不要碰我！你不要过来！"

云翔又是惊愕，又是愤怒，对着她喊：

"我才不要碰你呢！我又不是来找你的！我来找你爹和你哥，你别弄不清楚状况，还在这儿神气！"

天尧生气地喊：

"你不要说了，她现在脑筋不清楚，你还在这儿刺激她！"

"什么脑筋不清楚，我看她清楚得很，骂起人来头头是道！"云翔说着，就对天虹大吼，"我赶不上云飞的一根寒毛，是不是？"

她被这声大吼吓住了，浑身发抖，用手急急地护着肚子，哀声喊：

"请你不要伤到孩子！我求求你！"

"你在搞什么鬼？"云翔更大声地吼。

她一吓，拔脚就逃，没命地往大门外飞奔，嘴里惨叫着：

"谁来救我啊……云翔要杀我的孩子啊！谁来救我啊……"

天尧和纪总管拔脚就追，云翔错愕地拦住，喊：

"这是干什么？装疯卖傻吗？"

天尧忍无可忍，一拳打在他下巴上，云翔措手不及，被打得跌倒在地。

这样一耽搁，天虹已夺门而去。纪总管急喊：

"天尧！不要管云翔了，快去追天虹啊！"

天虹也不知道哪儿来的力气，跑得飞快，转眼间，已经跑出大门，在街上没命地狂奔。一路上惊动了路人，躲避的躲避，观看的观看。

天尧、纪总管、老罗、云翔……都陆续追了出来。天尧大喊：

"天虹！你快回来，你要去哪里，我们驾车送你去！"

纪总管跑得气喘吁吁，满头大汗，喊着：

"天虹！你别折腾你爹了！天虹……"

云翔惊愕地看着急跑的天虹，觉得丢脸已极，在后面大吼大叫：

"天虹！你这样满街跑，成何体统？还不给我马上滚回来！"

天虹回头，见云翔追来，就魂飞魄散了，哭着喊：

"让我保住孩子！求求你不要伤害我的孩子……"

"什么孩子？你已经没有孩子了！"云翔怒喊。

"不不不！不……不……"她大受刺激，狂叫，狂奔。

她奔到一个路口，斜刺里忽然蹿出一辆马车。车夫突然看到有人奔来，大惊，急忙勒马。但是，已经闪避不及，车门钩到天虹的衣服，她就倒下地。马儿受惊，一声狂嘶，人立而起，双蹄一踹，正好踢在她的胸口。

天尧奔来，只见她一松手，婴儿帽滚落地，随风飞去。

"天虹！"天尧惨叫，扑跪落地。

天虹的脸色，白得像纸，唇角，溢出一丝血迹。天尧吓得魂飞魄散，抱起她。

纪总管、老罗、云翔、车夫、路人都围了过来。

天虹睁开眼睛，看到好多人围着自己，看到惶急的天尧，又看到焦灼的纪总管，神志忽然清醒过来。她困惑地、害怕地、怯怯地说：

"爹，怎么回事？我是不是闯祸了？对不起！"

纪总管的泪，泉涌而出，悲痛欲绝地说：

"孩子，该我说对不起！太多太多个对不起！我们快回去请大夫！你会好的，等你好了，我们重新开始，重新来过……"

天尧抱着天虹，往家里疾走。

云翔直到这时，才受到极大的震撼。他呆站在街头，一时之间，不知道自己身之何在，眼前，只有天虹那张惨白惨白的脸。他感到血液凝结了，思想停顿了，他挺立在那儿，动也不能动。

接着，展家又是一阵忙乱。所有的人，都赶到了天虹身边。只有云翔没有去，他把自己关在卧房里，独自缩在墙角，痛苦得不得了。

大家围绕在天虹床前，看着大夫紧张地诊视。半晌，大夫站起身，祖望、纪总管、天尧都跟着出房，天尧急急地说：

"大夫，这边请，笔墨都准备好了，请赶快开方子！"

大夫面容凝重地看着祖望和纪总管，沉痛地说：

"我很抱歉！不用开方子了。药，救得了病，救不了命。您接受事实吧！她的胸骨已经碎了，内脏破裂……怎样都熬不过今天了！"

纪总管、天尧、祖望全体大震。纪总管一个跟跄，身子摇摇欲坠。

祖望急忙扶住他，痛喊着：

"亲家！冷静一点！"

"如果送到圣心医院，找外国大夫，有没有用？"天尧喊。

"我想，什么大夫都没用了！而且，她现在不能搬动，只要一动，就马上会过去了！你们还是把握时间，跟她话别吧！"大夫诚挚而同情地说。

纪总管站立不住，跌坐在一张椅子里。这时，小莲急急来报：

"纪总管，二少奶奶说，要跟您说一句话！"

纪总管仓皇站起，跌跌冲冲地奔进天虹的卧室，只见她脸色惨白，气若游丝，奄奄一息地躺在床上。那双长得玲珑剔透的大眼睛，仍然闪耀着对人世的依恋和热盼。梦娴、齐妈、品慧、锦绣等人围绕床前，人人神态悲切。看到纪总管走来，大家就默默地让开了身子，让他们父女话别。

纪总管俯身看着天虹。这时的天虹，大概是回光返照，显得神志清明，眼光热切。她在父亲耳边低声说：

"爹，让我见一见云飞，好不好？"

纪总管心中一抽，说不出来有多痛。可怜的天虹，可怜的女儿啊！他知道时间不多，握了握她的手，含泪急说：

"你等着！爹去安排！"

纪总管反身冲出房，冲到祖望面前，扑通一声跪落地。

"亲家！你这是做什么？快起来！"祖望大惊。

纪总管跪着，泪落如雨，说：

"我要去把云飞接过来，和她见最后一面！请你成全！"说完，就磕下头去。

祖望眼眶一湿，伸手去扶：

"我知道了，我会把云翔绊住！你……争取时间，快去吧！"

27

纪总管驾着马车，飞驰到塘口。

他拼命地打门，来开门的正是云飞。纪总管一见到他，就双膝一软，跪了下去，老泪纵横了：

"云飞，天虹快死了，请你去见她最后一面！"

"什么叫作天虹快死了？她怎么会快死了？"云飞惊喊。

阿超、雨凤、雨鹃、小三、小五全都跑到门口来，震惊地听着看着。

纪总管满面憔悴，泪落如雨，急促地说：

"云飞，她想见你。这是她最后的要求，你就成全她吧！马车在门口等着，我……对你，有诸多对不起……请你看在天虹分上，不要计较，去见她最后一面！我谢谢你了！这是我唯一能为她做的事……再不去，可能就晚了！"

云飞太震惊了，完全不能相信。他瞪着纪总管发呆，神思恍惚。

雨凤急忙推着云飞：

"你不要发呆了！快去呀！"

阿超在巨大的震惊中，还维持一些理智：

"这恰当吗？云翔会怎样？老爷会怎样？"

"我已经跟老爷说好了，他和慧姨娘、云翔都不过来，天虹床边，只有太太和齐妈！"纪总管急急地，低声下气地说。

"老爷同意这样做？"阿超怀疑，"是真的吗？不会把我们骗回去吧？"

纪总管一急，对着云飞，磕下头去：

"我会拿天虹的命来开玩笑吗？我知道我做了很多让你们无法信任的事，但是，如果不是最后关头，我也不会来这一趟了！我求你了……我给你磕头了……"

云飞听到天虹生命垂危，已经心碎，再看纪总管这样，更是心如刀绞。他抓住纪总管的胳臂，就一迭连声说：

"我跟你去！我马上去！你快起来！"

雨鹃当机立断，说：

"阿超，你还是跟了去！"

云飞和阿超，就急急忙忙地上了马车。

云飞赶到纪家，天虹躺在床上，仅有一息尚存。梦娴、齐妈、天尧围在旁边落泪。大家一见到云飞，就急忙站起身来。梦娴过去握了握他的手，流泪说：

"她留着一口气，就为了见你一面！"

云飞扑到床前，一眼看到濒死的天虹，脸上已经毫无血色，眼睛合着，呼吸困难。他这才知道，她真的已到最后关头，心都碎了。

梦娴就对大家说：

"我们到门口去守着，让他们两个单独谈谈吧！"

大家就悲戚地、悄悄地退出房去。

云飞在天虹床前坐下，凝视着她，悲切地喊：

"天虹！我来了！"

天虹听到他的声音，就努力地睁开眼睛，看到了他，惊喜交集。她抬了抬手，又无力地垂下，双眼痴痴地看着他，似乎只有这对眸子，还凝聚着对人生最后的依恋。她微笑起来：

"云飞，你肯来这一趟，我死而无憾了。"

云飞一句话都说不出来，泪水立即夺眶而出。

天虹看到他落泪，十分震动。

"好抱歉，要让你哭。"她低声地说。

他情绪激动，不能自已。她衰弱已极地低语：

"原谅我！我答应过你，要勇敢地活着，我失信了……我先走了！"

他心痛如绞，盯着她，哑声地说：

"我不原谅你！我们还有好多事情没有做，你怎么可以先走？"

她虚弱地笑着：

"对不起！我有好多承诺，自己都做不到！那天，还和雨凤有一个约会，现在，也要失约了！"

他的热泪，夺眶而出。情绪奔腾，激动不已。许多往事，现在像电光石火般从他眼前闪过。那个等了他许多年的女孩！那个一直追随在他身后的女孩！那个为了留在展家，只好嫁进展家的女孩！那个欠了展家的债，最后，要用生命来还的女孩！

"是我对不起你，当初，不该那么任性，离家四年。如果我不走，一切都不会这样了。想到你所有的痛苦和灾难，都因我而起，我好难过。"

她依然微笑，凝视着他：

"不要难过，上苍为雨凤保留了你！你身边的女子，都是过客，最后，像万流归宗，汇成唯一的一股，就是雨凤！"

这句话，让云飞震动到了极点。他深深地，悲切地看着她。

她抬抬手，想做什么，却力不从心，手无力地抬起，又无力地落下。他急忙问：

"你要做什么？"

"我……我脖子上有根项链，我要……我要取下来！"

"我来取！你别动！"

云飞就小心翼翼地扶着她的头，取下项链，再扶她躺好。他低头一看，取下来的是一条朴素的金项链，下面坠着一个简单的、小小的金鸡心。他有些困惑，只觉得这样东西似曾相识。

"这是……我十二岁那年，你送我的生日礼物，你说……东西是从自己家的银楼里挑的，没什么了不起。可是……我好喜欢。从此……就没有摘下来过……"

他听着，握着项链的手不禁颤抖。从不知道，这条项链，她竟贴身戴了这么多年。

她的力气已快用尽，看着他，努力地说：

"帮我……帮我把它送给雨凤！"

他拼命点头，把项链郑重地收进怀里，泪眼看她。她挣扎地说：

"云飞……请你握住我的手！"

他急忙握住她，发现那双手在逐渐冷去。她低低地说：

"我走了！你和雨凤……珍重！"

他大震，心慌意乱，急喊：

"天虹！天虹！天虹……请不要走！请不要走……"

纪总管、天尧、梦娴、齐妈、阿超听到喊声，大家一拥而入。

天虹睁大眼睛，眼光十分不舍地扫过大家，终于眼睛一闭，头一歪，死了。

云飞泪不可止，把天虹的双手，合在她的胸前，哽咽地说：

"她去了！"

纪总管急扑过去，大恸。泪水疯狂般地涌出，他痛喊出声：

"天虹！天虹！爹还有话，没跟你说，你再睁开眼看看，爹对不起你呀！爹要告诉你……要告诉你……爹一错再错，误了你一生……你原谅爹，你原谅爹……"他扑倒在天虹身上，说不下去，放声痛哭了。

梦娴落着泪，不忍看天虹，扑在齐妈身上。

"她还那么年轻……我以为，我会走在大家的前面……怎么天虹会走在我前面呢？她出世那天，还和昨天一样，你记得吗？"

齐妈哭着点头：

"是我和产婆，把她接来的，没想到，我还要送她走！"

大家泪如雨下，相拥而泣。

云飞受不了了，他站了起来，把位子让给纪总管和天尧，踉跄地奔出门去。他到了门外，扑跌在一块假山石上，摸索着坐下，用手支着额，忍声地啜泣。

阿超走来，用手握住他的肩，眼眶红着，哑声地说：

"她走了也好，活着，什么快乐都没有，整天在拳头底下过日子，担惊害怕的……死了，也是一种解脱！"

他点头，却泪不可止。

阿超也心痛如绞，知道此时此刻，没有言语可以安慰他，甚至没有言语可以安慰自己，只能默默地看着他，陪着他。

就在这时，云翔大步冲进来，祖望和品慧，拼命想拦住他。祖望喊着：

"你不要过去！让他们一家三口，安安静静地道别吧！"

云翔眼睛血红，脸色苍白，激动地喊：

"为什么不让我看天虹？她好歹是我的老婆呀……我也要跟她告别呀！我没想到她会死，她怎么会死呢？你们一定骗我……一定骗我……"

云飞从假山石上，直跳起来，狼狈地想隐藏住泪。

阿超一个震动，立即严阵以待。

云翔一见到云飞，整个人都震住了。

祖望盯着云飞，默然无语。品慧也呆呆地站着。

两路人马互峙着，彼此对看，有片刻无言。

终于，云飞长叹，拭了拭泪，低低地，不知道是要说给谁听：

"天虹……刚刚过世了！"

祖望、品慧大大一震。而云翔，惊得一个踉跄，心中立刻涌起巨大的痛，和巨大的震动。他盯着云飞，好半天都无法思想，接着，就大受刺激地爆发了："你怎么在这儿？我老婆过世，居然要你来通知我？"

他掉头看祖望和品慧，不可思议地说："你们大家拦着我，不让我过来，原来就是要掩护云飞和天虹话别！"他对云飞一头冲去："你这个混蛋！你这个狗东西！你把我当成什么了？你不是发誓不进展家大门吗？为什么天虹临死，在她床边的是你，不是我！"他在剧痛钻心下，快要疯狂了："你们这一对奸夫淫妇！你们欺人太甚了！"

阿超怒不可遏，看到云翔恶狠狠地扑来，立刻挡在云飞前面，一把就抓住了云翔胸前的衣服，把他用力地往假山上一压，怒吼着：

"你已经把天虹逼死了，害死了，你还不够吗？天虹还没冷呢，你就这样侮辱她，你嘴里再说一个不干不净的字，我绝对让你终身不能说话！"

品慧大叫："阿超！你放手！"

回头急喊："老爷子！你快管一管呀！"

祖望还来不及说什么，云飞已经红着眼，对云翔愤怒地、痛楚地、哑声地吼了起来：

"展云翔！让我清清楚楚地告诉你，我和天虹之间，干干净净！我如果早知道天虹会被你折磨至死，我应该给你几百顶绿帽子，我应该什么道德伦理都不顾，让天虹不至于走得这么冤枉！可惜我没想到，没料到你可以坏到这个地步！对，天虹爱了我一生！可是，她告诉过我，当她嫁给你的时候，她已经决心忘了我！是你不许她忘！她那么善良，只要你对她稍微好一点，她会感激涕零，会死心塌地地待你！可是，你就是想尽办法折磨她，一天到晚怀疑自己戴绿帽子！用完全不存在的罪名，去一刀一刀地杀死她！你好残忍！你好恶毒！"

云翔被压得不能动，踢着脚大骂：

"你还有话可说！如果你跟她干干净净，现在，你跑来做什么？我老婆过世，要你来掉眼泪……"

阿超胳臂往上一抬，胳臂肘抵住云翔的下巴，把他的头抵在假山上，吼着：

"你再说，你再说我就帮天虹小姐报仇！帮我们每一个人报仇！你身上有多少血债，你自己心里有数！"

祖望忍不住，一迈上前，悲哀已极地看着两个儿子：

"云飞，你放手吧！该说的话你也说了，该送的人，你也送了！家里有人去世，正在伤痛的时刻，我没办法再来面对你们两个的仇恨了！"

云飞看了祖望一眼，恨极地说：

"今天天虹死了，我不是只有伤心，我是恨到极点！恨这样一个美好的、年轻的生命，会这样无辜地被剥夺掉！"他盯着云翔："你怎么忍心？不念着她是你的妻子，不念着她肚子里有你的孩子，就算回忆一下我们的童年，大家怎样一起走过，想想她曾经是我们一群男孩的小妹妹！你竟然让她这样莫名其妙地死去了？"他定定地看着他，沉痛已极："你逼走了我，逼死了天虹，连你身边的人，都一个个离你远去！现在，你认为纪叔和天尧，对你不恨之入骨吗？还能忠心耿耿对你吗？你已经众叛亲离了，你还不清不楚！难道，你真要弄到进监牢，用你十年或二十年的时间来后悔，才满意吗？"

云翔挣脱了阿超，跳脚大骂：

"监牢！什么监牢！我就知道上次是你把我弄进牢里去的！你这个不仁不义的混蛋……"

云飞摇头，心灰意冷，对阿超说：

"放开他！我对他已经无话可说了！"

阿超把云翔用力一推，放手。

云翔踉跄了几步才站稳，怒视着云飞，一时之间，竟被云飞那种悲壮的气势压制住，说不出话来。

云飞这才回头看着祖望，伤痛已极地说：

"爹！'一叶落而知秋'，现在，落叶已经飘了满地，你还不收拾残局吗？要走到怎样一个地步，才算是'家破人亡'呢？"

祖望被云飞这几句话，惊得一退。

云飞回头看阿超，两人很有默契地一点头，就双双大踏步而去。

祖望呆呆地站着，心碎神伤。一阵风过，草木萧萧。身旁的大树，落叶飘坠，他低头一看，但见满地落叶，随风飞舞。他不禁浑身惊颤，冷汗涔涔了。

云飞回到家里，心中的痛，像海浪般卷了过来，简直不能遏止。他进了房间，跌坐在桌前的椅子里，用手支着额头。

雨凤奔过来，把他的头紧紧一抱，哑声地说：

"如果你想哭，你就哭吧！在我面前，你不用隐藏你的感情！"说着，自己的泪水，忍不住落下："没想到，我跟天虹，只有一面之缘！"

云飞抱住她，把面孔埋在她的裙褶里。片刻，他轻轻推开她，从口袋里掏出那条项链：

"这是天虹要我转送给你的！"

雨凤惊奇地看着项链。

"很普通的一条项链，刚刚从她脖子上解下来。她说，是她十二岁那年，我送给她的！"他凝视雨凤，痛心地说，"你知道吗？当她要求我把链子解下来，我看着链子，几乎没有什么印象，记不得是哪年哪月送给她的，她却戴到现在！她……"他说不下去了。

雨凤珍惜地握住项链，震动极了，满怀感动：

"这么深刻的感情！太让我震撼了！现在，我才了解她那天为什么要和我单独谈话！好像她已经预知自己要走了，竟然把你'托付'给我，当时，我觉得她对我讲那些话，有些奇怪，可是，她让我好感动。如今想来，她是要走得安心，走得放心！"她紧紧地握住他的手："我们让她安心吧！让她放心吧！好不好？"

他点头，哽咽难言。半晌，才说：

"那条链子，你收起来吧，不要戴了。"

"为什么不要戴？我要戴着，也戴到我咽气那天！"

云飞一个寒颤，雨凤慌忙抱紧他，急切地喊：

"那是六十年以后的事情！我们两个，会长命百岁，你放心吧！"她把链子交给云飞，蹲下身子，拉开衣领："来！你帮我戴上，让我代替她，戴一辈子！也代替她，爱你一辈子！"

他用颤抖的手，为她戴上项链。

她仰头看着他，热烈地喊：

"我会把她的爱，映华的爱，通通延续下去！她们死了，而我活着！我相信，她们都会希望我能代替她们来陪伴你！我把她们的爱，和我的爱全部合并在一起，给你！请你也把你欠下的债，汇合起来还给我吧！别伤心了，走的人，虽然走了，可是，我却近在眼前啊！"

云飞不禁喃喃地重复着天虹的话：

"像万流归宗，汇成唯一的一股，就是雨凤！"

"你说什么？"

他把她紧紧抱住：

"不要管我说什么，陪着我！永远！"

她虔诚地接口：

"是！永远永远！"

十天后，天虹下葬了。

天虹入了土，云翔在无数失眠的长夜里，也有数不清的悔恨。天虹，真的是他心中最大的痛。她怎么会死了呢？她这一死，他什么机会都没有了！她带着对他的恨去死，带着对云飞的爱去死，他连再赢得她的机会都没有了！他说不出自己的感觉，只感到深深的、深深的绝望。这种绝望压迫着他，让他夜夜无眠，感到自己已经被云飞彻底打败了。

但是，日子还是要过下去。这天，祖望和品慧带着他，来向纪总管道歉。

他对纪总管深深一揖，说的倒是肺腑之言：

"纪叔，天尧，我知道我有千错万错，错得离谱，错得混账，错得不可原谅！这些日子，我也天天在后悔，天天在自己骂自己！可是，大错已经造成，连弥补的机会都没有，我的日子，也好痛苦！每天对着天虹睡过的床，看着她用过的东西，想着她的好，我真的好痛苦！如果我能重来一遍，我一定不会让这些事情发生！可是，我就没办法重来一遍！没办法让已经发生的事消失掉！不骗你们，我真的好痛苦呀！你们不要再不理我了，原谅我吧！"

纪总管脸色冷冰冰，已经心如止水，无动于衷。

天尧也是阴沉沉的，一语不发。

祖望忍不住接口：

"亲家，云翔是真的忏悔了！造成这样大的遗憾，我对你们父子，也有说不出来的抱歉。现在，天虹已经去了，再也无法回来，以后，你就把云翔当成你的儿子，让他代天虹为你尽孝！好不好呢？"

纪总管这才抬起头来，冷冷地开了口：

"不敢当！我没有那个福气，也没有那个胆子，敢要云翔做儿子，你还是留给自己吧！"

祖望被这个硬钉子，撞得一头包。品慧站在一旁，忍无可忍地插口了：

"我说，纪总管呀！你再怎么生气，也不能打笑脸人呀！云翔是诚心诚意来跟你认错，我和老爷子也是诚心诚意来跟你道歉！总之，大家是三十几年的交情，你等于是咱们展家的人，看在祖望的分上，你也不能再生气了吧！日子还是要过，你这个'总管'还是要做下去，对不对？"

纪总管听到品慧这种语气，气得脸色发白，还没说话，天尧已经按捺不住，愤愤地，大声地说：

"展家的这碗饭，我们纪家吃到家破人亡的地步，还敢再吃吗？天虹不是一样东西，弄丢了就丢了，弄坏了就坏了！她是一个活生生的人呀！今天，你们来说一声道歉，说一声你们有多痛苦多痛苦……你们根本不知道什么叫痛苦，什么叫后悔！尤其是云翔！如果他会后悔，他根本就不会走到这一步！痛苦的是我们，后悔的是我们，当初，把天虹卖掉，也比嫁给云翔好！"

云翔一抬头，再也沉不住气，对天尧吼了起来：

"你这是什么态度？我今天来道歉，已经很够意思了，你们不要敬酒不吃吃罚酒！天虹是自己跑出去，被马车撞死的，又不是我杀死的！你们要怪，也只能怪那个马车夫！再说，天虹自己，难道是完美无缺的吗？我真的'娶到'一个完整的老婆吗？她对我是完全忠实的吗？她心里没有别人吗？我不痛苦？我怎么不痛苦，我娶了天虹，只是娶了她的躯壳，她的心，早就嫁给别人了！直到她弥留的时刻，她见的是那个人，不是我！你们以为这滋味好受吗？"

纪总管接口：

"看样子，受委屈的人是你，该道歉的人是我们！天虹已经死了，再来讨论这些还有什么意义呢？你请回吧！我们没有资格接受你的道歉，也没有心情听你的痛苦！"

品慧生气了，大声说：

"我说，纪总管呀，你不要说得这么硬，大家难道以后不见面，不来往吗？你们父子两个，好歹还拿展家……"

祖望急忙往前一步，拦住了品慧的话，赔笑地对纪总管说：

"亲家，你今天心情还是那么坏，我叫云翔回去，改天再来跟你请罪！总之，千错万错，都是云翔的错！你看我的面子，多多包涵了！"

云翔一肚子的绝望，全体爆发了，喊着：

"爹！该说的我都说了，不该说的我也说了，他们还是又臭又硬，我受够了！为什么千错万错，都是我错？难道天虹一点错都没有……"

祖望抓住云翔的胳臂，就往外拉，对他大声一吼：

"混账！你什么时候才能醒悟？什么时候才能长大？你给我滚回家去吧！"

他拉着云翔就走，品慧瞪了纪总管一眼，匆匆跟去。

三个人心情恶劣地从纪家院落，走到展家院落。品慧一路叽咕着：

"这个纪总管也实在太过分了！住的是我家的屋子，吃的是我家的饭，说穿了，一家三口都是我家养的人，天虹死了，我们也很难过。这样去给他们赔小心，还是不领情，那要咱们怎么办？我看，他这个总管当糊涂了，还以为他是'主子'呢！"

"人家死了女儿，心情一定不好！"祖望难过地说。

"他们死了女儿，我们还死了媳妇呢！不是一样吗？"

正说着，迎面碰到梦娴带着齐妈，手里拿着一个托盘，提着食篮，正往纪家走去。看到他们，梦娴就关心地问：

"你们从纪家过来吗？他们在不在家？"

"在，可是脾气大得很，我看，你们不用过去了！"祖望说。

品慧看梦娴带着食篮，酸溜溜地说：

"他们脾气大，也要看是对谁！大概你们两个过去，他们才会当作是'主子'来了吧！纪总管现在左一句后悔，右一句后悔，不就是后悔没把天虹嫁给云飞吗？看到梦娴姊，这才真的等于看到亲家了吧！"

梦娴实在有些生气，喊：

"品慧！他们正在伤心的时候，你就积点口德吧！"

品慧立刻翻脸：

"这是什么话？我哪一句话没有口德？难道我说的不是'实情'吗？如果我说一说，都叫作'没口德'，那么，你们这些偷偷摸摸做的人，是没有什么'德'呢？"

梦娴一怔，气得脸色发青了：

"什么'偷偷摸摸'，你夹枪带棒，说些什么？你说明白一点！"

云翔正在一肚子气，没地方出，这时，往前一冲，对梦娴叫了起来：

"你不要欺负我娘老实！动不动就摆出一副'大太太'的样子来！你们和云飞串通起来，做了一大堆见不得人的事，现在，还想赖得干干净净！如果没有云飞，天虹怎么会死？后来丫头们都告诉我了，她会去撞马车，是因为她要跑出去找云飞！杀死天虹的凶手，不是我，是云飞！现在，你们反而做出一副被害者的样子来，简直可恶极了！"

梦娴瞪着云翔，被他气得发抖，掉头看祖望：

"你就由着他这样胡说八道吗？由着他对长辈嚣张无理，对死者毫不尊敬？一天到晚大呼小叫吗？"

祖望还没说话，品慧已飞快地接了口，尖酸地说：

"这个儿子再不中用，也是展家唯一的儿子了！你要管儿子，恐怕应该去苏家管！就不知道，怎么你生的儿子，会姓了苏！"

"祖望……"梦娴惊喊。

祖望看着梦娴，长叹一声，被品慧的话，勾起心中最深的痛，懊恼地说：

"品慧说的，也是实情！怎么你生的儿子，会姓了苏？我头都痛了，没有心情听你们吵架了！"

祖望说完，就埋头向前走。

梦娴呆了呆，心里的灰心和绝望，排山倒海一样地涌了上来。终于，她了解到，云飞为什么要逃出这个家了！她拦住了祖望，抬着头，清清楚楚地，温和坚定地说：

"祖望，我嫁给你三十二年，到今天做一个结束。我的生命，大概只有短短的几个月了，我愿意选择一个有爱、有尊严的地方去死。我生了一个姓苏的儿子，不能见容于姓展的丈夫，我只好追随儿子去！再见了！"

祖望大大一震，张口结舌。

梦娴已一拉齐妈的手，说：

"我们先把饭菜，给纪总管送过去，免得凉了！"

梦娴和齐妈，就往前走去。祖望震动之余，大喊：

"站住！"

梦娴头也不回，傲然地前行。品慧就笑着说：

"只怕你这个姓展的丈夫，叫不住苏家的夫人了！"

祖望大受刺激，对梦娴的背影大吼：

"走了，你就永远不要回来！"

梦娴站住，回头悲哀地一笑，说：

"我的'永远'没有多久了，你的'永远'还很长！你好自为之吧！珍重！"说完，她掉头去了。

祖望震住，站在那儿，动也不能动。只见风吹树梢，落叶飞满地。

梦娴和齐妈，当天就到了云飞那儿。

阿超开的大门，他看到两人，了解到是怎么一回事，就拎起两人的皮箱往里面走，一路喊进来：

"慕白！雨凤！雨鹃……你们快出来呀！太太和齐妈搬来跟我们一起住了！"

阿超这声"慕白"，终于练得很顺口了。

云飞、雨凤、雨鹃、小三、小五大家都跑了过来。云飞看看皮箱，看看梦娴，惊喜交集：

"娘！你终于来了！"

梦娴眼中含泪，凝视他：

"我和你一样，面临到一个必须选择的局面，我做了选择，我投奔你们来了！"

梦娴没有讲出的原委，云飞完全体会到了，紧握了一下她的手：

"娘！我让你受委屈了！"

梦娴痛楚地说：

"真到选择的时候，才知道割舍的痛。云飞，你所承受的，我终于了解了！"她苦笑了一下："不过，在我的潜意识里，我大概一直想这样做！一旦决定了，也有如释重负，完全解脱的感觉。"

雨凤上前，诚挚地、温柔地、热烈地拥住她：

"娘！欢迎你'回家'！我跟你保证，你永远不会后悔你的选择！因为，这儿，不是只有你的一个儿子在迎接你，这儿有七个儿女在迎接你！你是我们大家的娘！"就回头对小三小五喊："以后不要叫伯母了，叫'娘'吧！"

小三小五就扑上来，热烈地喊：

"娘！"

梦娴感动得一塌糊涂，紧紧地拥住两个孩子。

阿超高兴地对梦娴说：

"我和雨鹃，已经挑好日子，二十八日结婚，我们两个，都是孤儿，正在发愁，不知道你肯不肯再来一趟，让我们可以拜见高堂。现在，你们搬来了，就是我们'名正言顺'的'高堂'了！"

梦娴惊喜地看雨鹃和阿超：

"是吗？那太好了，阿超，雨鹃，恭喜恭喜！"

齐妈也急忙上前，跟两人道喜：

"阿超，你好运气，娶到这样的好姑娘！"对雨鹃笑着说："如果阿超欺负你，你告诉我，我会帮你出气！"

"算啦！她不欺负我，我就谢天谢地了！"阿超喊。

"算算日子只有五天了！来得及吗？"梦娴问。

雨鹃急忙回答：

"本来想再晚一点，可是，慕白说，最好快一点，把该办的事都办完！"

云飞看着母亲，解释地说：

"最近，大家都被天虹的死影响着，气压好低，我觉得，快点办一场喜事，或者，可以把这种悲剧的气氛冲淡，我们都需要振作起来，面对我们以后的人生！"

梦娴和齐妈拼命点头，深表同意。齐妈看着大家，说：

"不知道你们这儿够不够住？因为，我跟着太太，也不准备离开了！"

雨鹃欢声大叫：

"怎么会不够住？正好还有两间房间空着！哇！我们这个'家'越来越大，已经是九口之家了！太好了！我们快去布置房间吧！我来铺床！"

"我来挂衣服！"小三喊。

"我会折被子！"小五喊。

大家争先恐后，要去为梦娴布置房间。阿超和云飞拎起箱子，大家便簇拥着梦娴往里面走。

梦娴看着这一屋子的人，看着这一张张温馨喜悦的脸庞，听着满耳的软语呢喃……这才发现，这个地方和展家，根本是两个截然不同的世界！展家，充满了萧索和绝望，这儿，却充满了温暖和生机！原来，幸福是由爱堆砌而成的，她已经觉得，自己被那种幸福的感觉，包围得满满的了。

28

　　阿超和雨鹃，在那个月的二十八日，顺利地完成了婚礼。在郑老板的坚持下，照样迎娶，照样游行，照样在待月楼大宴宾客。几乎云飞和雨凤有的排场，阿超和雨鹃全部再来一遍。阿超这一生，何时经验过这么大的场面，何时扮演过这么吃重的角色，每一个礼节，都战战兢兢，如临大敌。

　　好不容易，所有的节目都"演完"了。终于到了"洞房花烛"的时候，阿超一整天穿着新郎官的衣服，手脚都不知道该往哪儿放。现在看到已入洞房，就大大地呼出一口气来，如释重负。

　　"哇！可把我累坏了！就算骑一天马，赶几百里路，也不会这么累！这是什么衣服嘛，害我一直扎着手，扎着脚，可真别扭！还要戴这么大一个花球，简直像在唱戏！还好，只折腾我一天……"他一面说，一面把长衣服脱下。

　　雨鹃对着镜子，取下簪环，笑嘻嘻地接口：

"谁说只有一天？明天还有一天！"

"什么叫还有一天？"他大惊。

雨鹃慢条斯理地说：

"郑老板说，明天是新姑爷回门，还有一天的节目！你最好把那些规矩练习练习，免得临时给我出状况！"

他立刻抗拒起来：

"怎么雨凤没有回门，你要回门？"

"郑老板说，我是他亲口认的干女儿，不一样！一定要给足我面子，热闹它一天，弄得轰轰烈烈的！郑家所有的族长、亲戚、长辈、朋友……全部集合到郑家去，你早上要穿戴整齐，先拜见族长，再拜见长辈，然后是平辈，然后是晚辈，然后是朋友，然后是女眷……"

阿超越听越惊，越听越急：

"你怎么早不跟我说，现在才告诉我！"

"没办法，如果我早说，恐怕你就不肯娶我啦！好不容易才把你骗到手，哄得你肯成亲，如果弄个'回门'，把你吓走，我不是太冤了吗？"她甜甜地笑着说。

"你明知道我怕这些规规矩矩，你怎么不帮我挡掉？"

"没办法，人家郑老板一片好意，却之不恭！何况，你当初把我从他手里抢走，我对他有那么一份歉意，不能说'不'。再加上，好多人都知道你这段'横刀夺爱'的故事，大家就是要看看你是何方神圣，我只好让你去'展览'一下！"

阿超往床上一倒，大叫：

"我完了！我惨了！"

她扑过来，去蒙他的嘴巴：

"喂喂！今晚是洞房花烛夜呀，你嘴里说些什么？总要讨点吉祥，是不是？"

他握住她的双手，头痛地喊：

"想到明天我还要耍一天的猴儿戏，我今晚连洞房花烛的兴趣都没有了！"

她瞅着他。瞅了好半天，扑哧一声笑了。

"你笑什么？"他莫名其妙地问。

"我就知道你是这种反应！你有几两重，我全摸清了！你想想看，知你如我，还会让你去受那种罪吗？我早就推得一干二净啦！现在，是逗你的啦！"

阿超怔了怔，还有些不大相信，问：

"那么，明天不用'回门'了？"

"不用'回门'了！"

"你确定吗？"

"我确定！"

这一下，阿超喜出望外，大为高兴。从床上直跳起来，伸手把她热烈地抱住：

"哇！那还等什么？我们赶快'洞房花烛'吧！"

她又笑又躲，嚷着说：

"你也稍微有情调一点，温柔一点，诗意一点，浪漫一点……好不好？"

"那么多点之后，天都亮了！我们不要浪费时间了嘛，不是春宵一刻值千金吗？"

她跳下床，躲到门边去，笑着说：

"你不说一点好听的，我就不要过去！"

"你怎么那么麻烦，洞房花烛夜，还要考我！什么好听的嘛！现在哪儿想得起来？"

"那……只有三个字的！"

"天啊，那种肉麻兮兮的话，你怎么会爱听呢？"

"你说不说？"

他飞扑过来，一把攫住她，把她紧紧地搂进怀里：

"与其坐在那儿说空话，不如站起来行动！"

他说完，就把头埋在她脖子里，一阵乱揉，雨鹃怕痒，笑得花枝乱颤。她的笑声，和那女性的胴体，使他热情高涨。他就动情地解着她的衣纽，谁知那衣纽很紧，扣子又小，解来解去解不开。

"你这个衣纽怎么那么复杂？"他解得满头大汗，问。

雨鹃直跺脚：

"你真笨哪！你气死我了！"

阿超一面和那个纽扣奋斗，一面赔笑说：

"经验不够嘛，下次就不会这么手忙脚乱了！"

雨鹃看他粗手粗脚，竟拿一粒小纽扣没办法，又好气又好笑。好不容易，解开了衣领。他已经弄得狼狈不堪，问：

"一共有多少个纽扣？"

"我穿了三层衣服，一共一百零八个！"她慢吞吞地说。

阿超脱口惊呼：

"我的天啊！"

阿超这一叫不要紧，房门却忽然被一冲而开，小四、小三、小五跌了进来。小四大喊着：

"我就知道二姊会欺负阿超！阿超，你别怕，我们来救你啦！"

"我们可以帮什么忙？"小三急急地问。

小五天真地接嘴：

"那个纽扣啦！一百零八个！我们来帮忙解！"

阿超和雨鹃大惊，慌忙手忙脚乱地分开身子，双双涨红了脸。再一看，雨凤和云飞笑吟吟地站在门口。梦娴和齐妈，也站在后面直笑。这一惊非同小可。

阿超狼狈极了，对云飞大喊：

"你真不够意思，你洞房的时候，我和雨鹃把三个小的带到房里，跟他们讲故事，千方百计绊住他们，让他们不会去吵你们！你们就这样对我！"

雨凤急忙笑着说：

"一点办法都没有，你人缘太好了！三个小的就怕你吃亏，非在门口守着不可，你们也真闹，一会儿喊天，一会儿喊地，弄得他们三个好紧张……好了，我现在就把他们带去关起来！"

她转头对弟妹们笑着喊："走了！走了！别耽误人家了，春宵一刻值千金呢！"

云飞把阿超袖子一拉，低低地说：

"那个纽扣……解不开，扯掉总会吧！"

雨凤也在阿超耳边，飞快地说了一句：

"没有一百零八个，只有几个而已！"

雨鹃又羞又窘，抱着头大喊：

"哇！我要疯了！"

云飞笑着，重重地拍了阿超一下：

"快去！革命尚未成功，同志仍须努力！"

云飞说完，就带着大伙出房，把房门关上。回过头来，他看着雨凤，两人相视而笑。牵着弟妹们，大家向里面走。齐妈和梦娴在后面，也笑个不停。

新房内，又传出格格的笑声。小三小四小五，也格格地笑着，彼此说悄悄话。

雨凤对云飞轻声说：

"听到了吗？幸福是有声音的，你听得到！"她抬眼看窗外的天空："希望天虹在天上，能够分享我们的幸福！"

云飞感动地一笑。点头，紧紧地揽住了雨凤。

两对新人的终身大事都已经办完了。

对云飞来说，这是一个崭新的开始。他一下子就拥有了一个庞大的家庭，从今以后，这个家庭的未来，这个家庭的生活，这个家庭的幸福，全在他的肩上了。他每天看着全家大大小小，心里深深明白，维持这一家人的欢笑，就是他最大最大的责任，也是他今后人生最重要的事了。

这天晚上，九个人围着桌子吃晚餐，热闹得不得了。

齐妈习惯地帮每个人布菜，尤其照顾着小四小五，一会儿帮他们夹菜，一会儿帮他们盛汤，始终不肯坐下。

雨鹃忍不住，跳起身子，把她按进椅子里：

"齐妈，你坐下来好好吃吧！不要尽顾着大家，你明知道我们这儿没大没小，也没规矩，所有的人，一概平等！这么久了，你还是这样！你不坐下好好吃，我们大家都吃不下去！"

齐妈不安地看了梦娴一眼，说：

"我高兴照顾呀！我看着你们大家吃，心里就喜欢，你们让我照顾嘛！"

梦娴笑看齐妈，温和地说：

"你就不要那么别扭了，每个家有每个家的规矩，你就依了大家吧！"

齐妈这才坐定，她一坐下，七八双筷子，不约而同地，夹了七八种菜，往她碗里堆去，她又惊又喜，叫：

"哎哎！你们要撑死我吗？"

大家互看，都忍不住笑了。

温馨的气氛，笼罩着整个餐桌。云飞看着大家，就微笑地说：

"我有一件事情，要征求大家的意见！"

"告状的事吗？"雨鹃立刻问。

"不！那件事我们再谈！先谈另外一件！"云飞看看雨鹃，又看看雨凤，"我们这个家已经很大了，一定还会越来越大，人口也一定会越来越多，我和阿超，都仔细研究过，我们应该从事哪一行，才能维持这个家！昨天我去贺家，跟一些虎头街的老朋友谈了谈，大家热心得不得了……我们现在有木工，有泥水匠，有油漆匠，有砖瓦工……然后，我手里有一块地，我想，重建'寄傲山庄'！"

云飞这一个宣布，整个餐桌顿时鸦雀无声。萧家五个兄弟姊妹，个个瞪大了眼睛，不敢相信地看着他。他就继续说：

"我和我娘，手上还有一些钱，如果我们不找工作，没两年就会坐吃山空。要我去上班，我好像也不是那块料！阿超也自由惯了，更不是上班的料！我们正好拿这些钱，投资一个牧场！养牛、养羊、养马……养什么都可以，只要经营管理得好，牧场是个最自由，最接近自然的行业，对阿超来说，好容易！对你们五个兄弟姊妹来说，好熟悉！而我，还可以继续我的写作！"

他说完，只见萧家姊弟，默不作声，不禁困惑起来：

"怎么样？你们姊弟五个，不赞成吗？"

阿超也着急地说：

"虎头街那些邻居，已经纷纷自告奋勇，有的出木工，有的出水泥工……大家都不肯算工钱，要免费帮我们重建寄傲山庄了！"

雨凤终于有了一点真实感，回头看雨鹃，小小声地说：

"重建寄傲山庄？"

雨鹃也小小声地回答：

"重建寄傲山庄？"

小三抬头看两个姊姊：

"重建寄傲山庄？"

小四和小五不禁同声一问：

"重建寄傲山庄？"

雨凤跳下饭桌，雨鹃跟着跳下，姊妹两个双手一握，齐声欢呼：

"重建寄傲山庄！"

小三小四小五跟着跳下饭桌，跑过去拥住两个姊姊。五个兄弟姊妹就狂喜地，手牵手地大吼大叫起来：

"重建寄傲山庄！重建寄傲山庄！重建寄傲山庄……"

云飞、阿超、梦娴、齐妈看到反应如此强烈的姊弟五个，简直愣住了。

云飞被这样的狂喜感染着，对阿超使了一个眼色，阿超会意，就离席，奔进里面去。一会儿，他拿了一个包着牛皮纸的横匾进来。他把牛皮纸哗地撕开，大家定睛一看，居然是"寄傲山庄"的横匾！

雨鹃惊喜地大叫：

"爹写的字！是原来的横匾！怎么在你们这儿？"

"慕白收着它，就等这一天！"阿超说。

雨凤用手揉眼睛：

"哇！不行，我想哭！"

云飞看着雨凤，深情地说：

"一直记得你告诉我的话，你爹说，寄傲山庄是个天堂，从那时起，我就发誓要把这个天堂还给你们！"

雨凤用热烈的眸子，看了云飞一眼，就跑到梦娴身边，紧紧地抱了她一下：

"娘！谢谢你！"

"这件事可是他和阿超两个人的点子，我根本没出力！"梦娴急忙说。

雨凤凝视梦娴：

"我谢谢你，因为你生了慕白！如果这世界上没有他，我不知道我的生活会多么贫乏！"

不能有更好的赞美了，云飞感动地笑着。小四大声问：

"哪一天开工？我可以不上学，去参加工作吗？"

"如果你们不反对，三天以后就开工了！"

雨鹃两只手往天空一伸，大喊：

"万岁！"

小三、小四、小五同声响应，大叫：

"万万岁！"

整个房间里，欢声雷动。

齐妈和梦娴，笑着看着，感动得一塌糊涂。

"寄傲山庄"在三天以后，就开工了。参加重建的人，全是虎头街的老百姓，无数男男女女，都兴高采烈地来盖山庄。有的锯木材，有的钉钉子，有的砌砖头，有的搬东西。搬运东西时，各种运输工具都有，驴车、板车、牛车、马车……全体出动，好生热闹。

云飞和阿超忙得不亦乐乎，云飞不住地画图给工作人员看，阿超是什么活都做，跑前跑后。雨凤、雨鹃和其他女眷，架着大锅子，煮饭给大伙吃。

小三、小五和其他女孩，兴冲冲给大家送茶，送菜，送饭，送汤。

小四和其他男孩，忙着帮大人们打下手，照顾驴啊牛啊马啊……

工地上，一片和乐融融，大家一面工作，一面聊天，一面唱歌……

雨凤、雨鹃太快乐了，情不自禁，就高唱着那首《人间有天堂》。小三、小四、小五也跟着唱，几天下来，人人会唱这首歌。大家只要一开工，就情不自禁地唱起来：

在那高高的天上，阳光射出万道光芒，当太阳缓缓西下，黑暗便笼罩四方，可是那黑暗不久长，因为月儿会悄悄东上，把光明洒下穹苍。即使没有太阳也没有月亮，孩子啊，你们不要悲伤，因为细雨会点点飘下，滋润着万物生长。这个世界就是这样；只要你心里充满希望，人间处处，会有天堂！

大家工作的时候唱着，休息的时候唱着，连荷锄归去的时候也唱着。把重建寄傲山庄的过程，变成了一首歌：人间处处，会有天堂！

云飞忙着在重建寄傲山庄，展家的风风雨雨，却没有停止！

这天，展家经营的几家银楼，突然在一夜之间，换了老板！几个掌柜，气急败坏地来到展家，追问真相。老罗带着他们去找纪总管，到了纪家小院，才发现纪总管父子，已经人去楼空！房子里所有财物，全部被搬走！只在桌子上，留下一张信笺，一本账册。老罗大惊失色，带着信笺账册，和银楼掌柜，冲进祖望房里：

"老爷！老爷！出事了！出事了！纪总管和天尧跑掉了！"

"什么？你说什么？"祖望大叫。

老罗把信笺递上，祖望一把抓过信笺，看到纪总管的笔迹，龙飞凤舞地写着：

祖望：

我三十五年的岁月，天虹二十四岁的生命，一起埋葬在展家，换不到一丝一毫的代价！我们走了！我们拿走我们应该拿的报酬，那是展家欠我们的！至于绸缎庄和粮食店，早就被云翔豪赌输掉了！账册一本，请清查。

祖望急着翻了翻账册，越看越惊。他脸色惨变，大叫：

"不可能的！不可能的……"

几个掌柜哭丧着脸，走上前来：

"老爷，我们几个，是不是以后就换老板了？郑老板说要我们继续做，老爷，您的意思呢？"

"郑老板？郑老板？"祖望惊得张口结舌。

"是啊，现在，三家银楼，说是都被郑老板接收了！到底是不是呢？"掌柜问。

祖望快昏倒了，抓着账册，直奔纪总管家，四面一看，连古董架上的古董，墙上的字画，全部一扫而空！他无须细查，已经知道损失惨重。这些年来，纪总管既是总管，又是亲家，所有展家的财产，几乎全部由他操控。他心中一片冰冷，额上冷汗涔涔，转身奔进云翔房间，大叫：

"云翔！云翔！云翔……"看到了云翔，他激动地把账册摔在他脸上，大吼："你输掉了四家店！你把绸缎庄、粮食店，全体输掉了！你疯了吗？你要败家，也等我死了再败呀！"

品慧和云翔正在谈话，这时，母子双双变色，云翔跳起身就大骂：

"纪叔出卖我！说好他帮我挪补的！哪里用得着卖店？不过是几万块钱罢了！"

祖望眼冒金星，觉得天旋地转：

"不过是'几万'块钱？你哪里去挪补几万块钱？你真的输掉几万块钱？"他蹒跚后退："我的天啊！"

品慧又惊又惧，急急地去拉云翔的衣袖：

"怎么回事？不可能的！你怎么会输掉几万块？你是不是中了别人的圈套？这太不可思议了！你赶快跟你爹好好解释……"

"我去找纪叔理论！他应该处理好……"云翔往门外就冲。

"纪总管和天尧，早就跑了！这账册上写得清清楚楚，五家钱庄里的现款，三家银楼的首饰他们全部带走，还把店面都卖给郑老板了！其他的损失，我还来不及算！你输掉的，还不包括在内！"祖望大吼。

云翔像是挨了当头一棒，眼睛睁得好大好大，狂喊：

"不可能！纪叔不会这样，天尧不会这样……他们是我的死党呀，他们不能这样对我……"他一面喊，一面无法置信地冲出门去。

祖望跌坐在椅子里呻吟：

"三代的经营，一生的劳累，全部毁之一旦！"

"老爷子，你快想办法，去警察厅报案，把纪总管他们捉回来！还有绸缎庄什么的，一定是人家设计了云翔，你快想办法救回来呀！"品慧急得泪落如雨，喊着。

祖望对于品慧，听而不闻，视而不见。他凝视着窗外，但见寒风瑟瑟，落木萧萧。他神思恍惚，自言自语：

"一叶落而知秋，现在，是真的落叶飞满地了！"

云飞很快就知道纪总管卷款逃逸的事了，毕竟，桐城是个小地方，消息传得很快。这天晚上，大家齐聚在客厅里，为这个消息震动着。

"损失大不大呢？纪总管带走些什么东西呢？"云飞问齐妈。

"据说，是把展家的根都挖走了！三家银楼，五家钱庄，所有现款首饰，全体没有了！连店面都卖给了郑老板，卖店的钱，也带走了！"

"纪总管……他怎么会做得这么绝？"

梦娴难过极了，回忆起来，痛定思痛：

"我想，从天虹流产，他就开始行动了，可惜展家没有一个人有警觉，等到天虹一死，纪总管更是铁了心，再加上云翔一点悔意都没有……最后，就造成这样的结果！"

"我已经警告了爹，我一再跟他说，云翔这样荒唐下去，后果会无法收拾！爹宁可把我赶出门，也不要相信我！现在，怎么办呢？云翔能够扛起来吗？"云飞问。

"他扛什么起来？他外面还有一大堆欠债呢！"梦娴说。

"是啊！听说，这两天，要债的人都上门了！老爷一报案，大家都知道展家垮了，钱庄里、家里，全是要债的人！"齐妈接口。

云飞眉头一皱，毕竟是自己的家，心中有说不出来的痛楚。梦娴看他，心里也有说不出来的痛楚。她犹豫地说：

"你想，这种时候，我们是不是该回家呢？"

云飞打了一个寒颤，抗拒起来：

"不！我早已说过，那个家庭的荣与辱，成与败，和我都没有关系了！"

"或者，你能不能跟郑老板商量商量，听说，现在最大的债主，就是郑老板！"梦娴恳求地看着他，"郑老板那么爱惜雨凤雨鹃，或者可以网开一面！"

云飞好痛苦，思前想后，不禁抽了一口冷气。他抬眼看雨凤、雨鹃，眼神里满溢着悲哀，苦涩地说：

"这一盘棋，我眼看你们慢慢布局，眼看郑老板慢慢行动，眼看展家兵败如山倒！整个故事，从火烧寄傲山庄开始，演变成今天这样……雨凤，雨鹃，你们已经赢了，你们的仇，还要继续报下去吗？"

雨鹃一个震动，立刻备战：

"你不是在怪我们吧？"

"我怎么会怪你们，我只是想到那张状子！云翔有今天，可以说完全是他自己造成的！因为烧掉了寄傲山庄，你们才会去待月楼唱曲，因为唱曲，才会认识郑老板！因为郑老板路见不平，才会插手'城南'的事业！这是一连串的连锁反应。至于纪总管，跟你们完全无关，是云翔另一个杰作！今天这种后果，其实只是几句老话：'天网恢恢，疏而不漏！种瓜得瓜，种豆得豆！'我知道，我应该对展家的下场无动于衷，只是……"

"你身体里那股展家的血液，又冒出来了！"雨鹃接口。

云飞凄然苦笑，笑得真是辛酸极了。

阿超一个冲动，对雨鹃激动地说：

"到此为止吧！不要为难慕白了！他本来身体里就有展家的血，这是他毫无办法的事！我们放那个夜枭一马，让他去自生自灭吧！"

雨凤看雨鹃，因云飞的痛苦而痛苦，因梦娴的难过而难过，急急地说：

"想想看，我们正在欢欢喜喜地重建寄傲山庄，慕白说得好，要帮我们找回那个失去的天堂，我们失去的，正慢慢找回来！我们因此，也都得到了好姻缘，上苍对我们是公平的！展夜枭虽然把我们害得很惨，他已经自食其果了！我们与其再费尽心机去告他，不如把这个精神，用在重建我们的幸福上！像慕白说的，这盘棋，我们已经赢了，何必再赶尽杀绝呢！雨鹃，我们放手吧！"

雨鹃的心已经活了，看小三、小四、小五：

"这件事还有三票，你们三个的意思如何？我们还要不要告展夜枭？要不要让他坐牢？"

小三看阿超：

"我听阿超大哥的！"

"我也听阿超大哥的！"小四说。

"我也是！我也是！"小五接口。

雨鹃叹了口长气，说：

"现在，是我一票对六票，我投降了！此时此刻，我不能不承认，爱的力量比恨来得大，我被你们这一群人同化了！好吧，就不告了，希望我们大家的决定是对的！"

梦娴不解地看大家：

"什么状子？什么告不告？"

云飞长叹一声，如释重负：

"娘！我刚刚化解了展家最大的一个灾难！钱，失去了还赚得回来！青春、生命和荣誉，失去了，就永远回不来了！"

梦娴虽然不甚了解，但，看到大家的神情，也明白了七八成。

云飞感激地看看萧家五个姊弟，再掉头看着梦娴，郑重地说：

"我不反对你回去看看，可是，我和雨凤他们同一立场！"他伸手揽住雨凤、小三、小四、小五："在他们如此支持我的情况下，我不能再让他们伤心失望，我那股展家的血液，只好深深掩藏起来！"

梦娴叹息，完全体会出云飞的苦衷。可是，想想，心有不忍，伸手按在他的手上，几乎是恳求地说：

"那么，算是你陪我回去走一趟，行吗？"

云飞很为难，心里非常矛盾。雨凤抬眼，凝视着他：

"你就陪娘，回去一趟吧！我想，你也很想了解展家到底是怎样一个情况。现在，展家有难，和展家得意的时候毕竟不一样！患难之中，你仍然置之事外，你也会很不安心的！所以，就让那股展家的血液，再冒一次吧！"

梦娴感激地看着雨凤。云飞也看着她，轻声低语：

"知我者，雨凤也！"

云飞、梦娴带着阿超和齐妈，当天就回了家。

他们走进展家的庭院，立刻引起了一阵骚动。老罗看到云飞和梦娴，喜出望外，激动地一路喊进去：

"太太回来了！大少爷回来了！"

祖望听到他们来了，就身不由己地迎了出来。

夫妻俩一见面，就情不自禁地奔向彼此。梦娴把所有的不快都忘记了，现在，只有关心和痛心，急切地说：

"祖望，我都知道了！现在情形怎么样？李厅长那儿有没有消息？可不可能追回纪总管？我记得纪总管是济南人，要不要派人到他济南老家去看看？"

祖望好像见到最亲密的人，伤心已极地说：

"你以为我没想到这一点吗？已经连夜派人去找过了！他

济南老家，早就没人了！李厅长说，案子收不收都一样，要在全中国找人，像是大海捞针！而且，我们太信任纪总管，现在，居然没有证据，可以说他是'卷逃'，所有的账册，他都弄得清清楚楚，好像都是我们欠他们的，我就是无可奈何呀！"

品慧和云翔，听到声音，也出来了。

品慧一看到四人结伴而来，就气不打一处来，立刻提高嗓门，尖酸地喊：

"哎哟！这苏家的夫人少爷，怎么肯来倒霉的展家呢？"她对梦娴冲过来，嚷："纪总管平常跟你们亲近得不得了，一定什么话都谈！这事也实在奇怪，你离开展家没几天，纪总管就跑了！难道你没有得到任何消息吗？搞不好就是你们串通一气，玩出来的花样！"

梦娴大惊，顿时气得说不出话来。

云飞大怒，往前一冲，义正词严地说：

"慧姨娘！你这说的什么话？我娘今天是一片好心，听说家里出了事，要赶回来看看，看有没有可以帮忙的地方，就算在实际上帮不了忙，在心态上是抱着'同舟共济'的心态来的！你这样胡说八道，还想嫁祸给我们，你实在太过分，太莫名其妙了！"

品慧还没回答，云翔已经冲上前来，一肚子怨气和愤怒，全部爆炸，对云飞梦娴等人，咆哮地大叫：

"我娘说得对极了！搞不好就是你们母子玩出来的花样！"他对云飞伸了伸拳头："那个郑老板不是你老婆的'干

爹'吗？他一步一步地计划好，一步一步地陷害我，让我中了他的圈套，把展家的产业，全部'侵占'！如果没有他跟纪总管合作，那些银楼商店哪里会这么容易脱手！我想来想去，这根本就是你的杰作！你要帮萧家那几个妞儿报仇，联合郑老板，联合纪总管，把我们家吃得干干净净！我看，展家失去的财产，说不定都在你们那里！现在，你们跑回来干什么？验收成果吗？要看看我们展家有多惨吗……"

云飞这一下，真是气得快晕倒，回头看梦娴：

"娘！你一定要回来看看，现在，你看到了！他们母子，永远不可能进步，永远不会从失败中学到教训！我早就说过，他们已经不可救药！现在，我们看够了吧！可以走了！"

云飞回头就走，云翔气冲冲地一拦，越来越觉得自己的分析对极了，大吼：

"你还想赖！你这个欺世盗名的伪君子！我今天要把你所有的假面具都揭开！"回头大喊："爹！你看看这个名叫苏慕白的人，他偷了我的老婆，偷了你的财产，娶了我们的仇人，投效了我们的敌人，害得我们家倾家荡产！他步步为营，阴险极了！我们今天会弄成这样，全是这个姓苏的人一手造成……"

阿超忍无可忍，怒吼出声：

"慕白！你受得了，我受不了！要不我现在就废了他，要不，我们赶快离开这儿，回去找郑老板，把那张状子拿来签字！"

云翔听到"郑老板"三字，更加肯定了自己的推测，怪叫着：

"爹！你听到了！他们要回去找郑老板，想办法再对付我们！不把我们赶尽杀绝，他们不会放手的！你总算亲耳听到了吧，现在，你知道你真正的敌人是谁了吧？你知道为什么我们家的财产会到郑家去了吧……"

梦娴已经气得脸色发白，浑身颤抖，看祖望说：

"祖望，算我多事，白来这一趟，你好好珍重吧！我走了！"

梦娴转身想走，云翔大叫：

"我话还没说完，你们就想逃走了吗？"

阿超大吼一声，对云翔挥着拳头喊：

"你在考验我的耐力是不是？如果我不痛痛快快地打你一顿，你会浑身不舒服！是不是？"

品慧就撒泼似的尖叫起来：

"家已经败了，钱已经没了，你们还要回来打人！云翔呀！我看我们母子也走吧！我娘家虽然是个破落户，养活我们母子还不成问题，留在这里，迟早会被这个姓苏的打死，你跟娘一起走吧！"

祖望听到云翔一席话，觉得不无道理。想到云飞和郑老板的关系，想到云飞的"不孝"和种种，心里更是痛定思痛。又见阿超以一个家仆的身份，气势汹汹，反感越深。他往前拦住阿超，悲切地喊：

"事已至此，你们适可而止吧！"

这句"适可而止"像是一个焦雷，直劈到云飞头顶。他踉跄一退，不敢相信地看看祖望，痛心已极地喊：

"爹！什么叫适可而止？"

梦娴绝望地看着祖望，问：

"你相信他的话？你也认为今天展家所有的悲剧，都是云飞造成的？"

祖望以一种十分悲哀，十分无助的眼光，看着云飞和梦娴，叹了一口长气，无力地说：

"展家就像云飞说的，是'家破人亡'了！"他抬起憔悴的眸子，看着云飞："我不知道你在这个悲剧里，扮演的是怎样的角色，但是，我知道，如果没有你，展家绝不会弄到今天这个地步！"

云飞眼睛一闭，心中剧痛，脸色惨白：

"我知道了！今天跑这一趟，对我唯一的收获就是，我身体里那股展家的血液，终于可以不再冒出来了！"

云飞就扶着梦娴，往大门走，一面走，一面凄然地说：

"娘！我们走吧！这儿，实在没有什么值得留恋的了！你也帮不了任何忙。天要让一个人灭亡，必先让他疯狂！现在，想救展家，只有苍天了！只怕苍天，对这样的家庭，也欲哭无泪了！"

云飞、梦娴等人，就沉痛地走了。在他们身后，云翔涨红着眼睛，挥舞着拳头，振臂狂呼：

"什么疯狂？什么灭亡？你还有什么诡计，你都用出来好了！反正，人啊钱啊，都给你拐跑了！我只有一条命，了不起跟你拼个同归于尽……"

云飞和梦娴，就在这样的大呼小叫下，走了。

回到塘口，母子二人，实在非常沮丧，非常悲哀。

梦娴一进门，就乏力地跌坐在椅子里，忍不住落泪了。云飞在她身边坐下，拍了拍她的手，努力安慰着她：

"娘！你不要难过了。展家，气数已尽，我们和展家的缘分也尽了！云翔说的那些话，固然可恶到了极点，不过，我们知道云翔根本就是个疯子，也就罢了！可是，爹到了这个地步，仍然相信他，把'家破人亡'的责任居然归在我身上，好像'中邪'一样！实在让我觉得匪夷所思！他一次又一次，砍断我对展家的根！我真的是哀莫大于心死，彻底绝望了！命中注定，我没有爹，没有兄弟，我认了，你也认了吧！"

"你爹，他看起来那么累，那么苍老，到现在，还糊里糊涂！明明有一个你，近在眼前，他却拼了老命，把你赶出门去，推得远远的！他的身边，现在，剩下的是品慧和云翔，我想想都会害怕，他的老年，到底要靠谁呢？"梦娴拭着泪，伤心地说。

云飞一呆：

"娘！他这么误解我们，排挤我们，甚至恨我们，而你，还在为他想？为他担心？"

他抬头，一叹："雨凤，你曾经对我说，善良和柔软不是罪恶，让我告诉你，那是罪恶！是对自己'有罪'，对自己'有恶'，太虐待自己了！"

雨凤看他们的样子，已经心知肚明。她走过去，提高了声音，振作着大家，说：

"你们去过展家了，显然帮不上忙，显然也没有人领情！那么，你们已经仁至义尽了！既然对展家所有的事都无能为力，那么，就不要再难过了，把他们全体抛开吧！展家虽然损失很大，依然有房产，有丫头用人，不愁吃，不愁穿！和穷人家比起来，强太多了，想想贺家的一家子，想想罗家的一家子，想想虎头街那些人家，他们一无所有，照样可以活得快快乐乐！所以，展家只要退一步想，也是海阔天空的！"

"雨凤说得对！如果展夜枭从此改邪归正，化恨为爱，照样可以得到幸福！我们唯一能做的，就是不再雪上加霜，不告他们了！你们大家，也快乐一点吧！不要让展家的乌云，再来影响我们家的欢乐吧！"雨鹃大声地接口。

阿超不禁大有同感，大声地说：

"对！雨凤雨鹃说得对！"

云飞也有同感，振作了一下，大声说：

"对！再也不能让展家的乌云，来遮蔽我们的天空！我们，还是专心去重建寄傲山庄吧！"

29

不管祖望多么痛心，多么绝望，展家的残局，还是要他来面对。他悲哀地体会到，云飞已经投效了敌人，离他远去，不可信任。云翔是个暴躁小子，成事不足，败事有余。现在，只有老将出马了。他压制了自己所有的自尊，所有的骄傲，去了一趟大风煤矿，见了郑老板。这是桐城数代以来，第一次，"展城南"和"郑城北"两大巨头，正式交谈。没有人知道这两个"名人"，到底谈了一些什么。但是，祖望在郑老板的办公厅里，足足逗留了四个小时。

祖望回到家里，直接就去找云翔，把手中的一沓借据，摔在他面前：

"你这个畜生！你这个败家精！这些借据，全是你亲笔画押！我刚刚去看了郑老板，人家把你的借据，全体拿来给我看，粮食店和绸缎庄，还不够还你的赌债！人家一副已经网开一面的样子……想我展祖望，和他是平分秋色的呀，现在竟落魄到这个地步！你不如拿一把刀，把爹给杀了算了！"

云翔红着眼睛，自从天虹去世，夜枭队叛变，纪总管卷逃……这一连串的打击，已经让他陷进一种歇斯底里的疯狂状态。他大叫着说：

"那不是我输的！是我中了圈套！那个雨鹃，她对我用美人计，把我困在待月楼，然后，郑老板和他的徒子徒孙，就在那儿摇旗呐喊，让我中计！云飞在后面出点子！我所有的弱点，云飞全知道，他就这样出卖我，陷害我！都是云飞，都是云飞，不是我！都是云飞……"

祖望沉痛已极地看着云翔，像在看一个陌生人：

"你不要再把责任推给云飞了！今天，郑老板给我看了一样东西，我才知道，云飞对你，已经仁至义尽了！"

"什么东西？郑老板能拿出什么好东西来给你看？"

"一张状子！一张二十一家联名控告你杀人放火的状子！原来，你把溪口那些老百姓这样赶走，你真是心狠手辣！现在，人家二十一户人家，要把你告到北京去，这张状子递出去，不但你死定了，我也会跟着你陪葬！二十一户人家里，萧家排第一户！"

"我就知道！我就知道云飞一定要弄死我，他才满意！"

"是云飞撤掉了这张状子！"祖望大声说，"人家郑老板已经清清楚楚告诉我了，不是云飞极力周旋，极力化解萧家姊妹的仇恨，你根本已经关进大牢里去了！"

云翔暴跳起来，跳着脚大嚷：

"你相信这些鬼话？你相信这张状子不会递出去？云飞那

么阴险，萧家姊妹那么恶毒，郑老板更是一个老奸巨猾，你居然去相信他们？"

"是！"祖望眼中有泪，"我相信他！他的气度让我相信他，他的诚恳让我相信他……最重要的，是所有的事实，让我相信他！我真是糊涂，才被你牵着鼻子走！"

云翔又惊又气又绝望，他已经一无所有，只有祖望的信任和爱。现在，眼看这仅有的东西也在消失，也被云飞夺去，他就怒发如狂了，大喊着：

"云飞在报仇，他利用郑老板来收服你！他一定还有目的，他一定不会放过我的！只有你才会相信他们，他们是一群魔鬼，一心一意要把我逼得走投无路！说不定明天警察就会来抓我，他们已经关过我一次了，什么坏事做不出来？说不定他们还想要展家这栋房子，要把我弄得无家可归……"

"他已经在重建寄傲山庄了，怎么会要这栋房子？"

云翔大震，如遭雷殛，大吼：

"他在重建寄傲山庄？那个地是我辛辛苦苦弄到手的，他有什么权利重建寄傲山庄？他有什么权利霸占我的土地？"

"你别说梦话了！"祖望看到他这样狂吼狂叫，心都冷了，"那块地我早就给了云飞！那是云飞的地，严格说，是萧家的地！当初，如果你不去放火，不去抢人家的土地，说不定，今天展家的悲剧，都可以避免！可惜，我觉悟得太晚了！"

云翔听到祖望口口声声，倒向云飞，不禁急怒攻心：

"你又中计了！郑老板灌输你这些思想，你就相信了！哇……"他仰天大叫："我和云飞誓不两立！誓不两立……"

祖望看着他，觉得他简直像个疯子。耳边，就不由自主地，响起云飞的话：

"老天要让一个人灭亡，必先让他疯狂！"

祖望一甩头，长叹一声，出门去了。

云翔瞪大了眼睛，眼里布满了血丝，整个人都陷进绝望的狂怒里。

云翔几乎陷入疯狂，云飞却在全力重建"寄傲山庄"。

云飞已经想清楚，他必须把展家的悲剧，彻底摆脱，才能解救自己。为了不让自己再去想展家，他就把全副精力，都用在重建寄傲山庄的工作上。

这天，重建的寄傲山庄，已经完成了八成，巍峨地耸立着。云飞带着阿超，和无数的男男女女，兴高采烈地工作着，大家唱着歌，热热闹闹。

云飞和阿超，比任何人都忙碌，建筑图是云飞画的，各种问题都要管，前后奔跑。阿超监工，一下子爬到屋顶上，一下子爬到鹰架上，要确定各部分的建筑，都是坚固耐用的。雨凤、雨鹃照样在煮饭烧菜，唱着歌，小三小四小五在人群中穿梭。整个工作是充满欢乐的，敲敲打打的声音，此起彼落，歌唱的声音，也是此起彼落，笑声更是此起彼落。

黄队长带着他的警队，也在人群里走来走去。他们是奉厅长的命令，来"保护"和"支持"山庄的重建工作。可是，连日以来，山庄都建造得顺顺利利。他们没事可干，就在那儿喝着茶，聊着天，东张西望。

冬天已经来临了，北风一阵阵地吹过，带着凉意。雨凤端了一碗热汤，走到云飞面前，体贴地说：

　　"来！喝碗热汤吧！今天好像有点冷！"

　　"是吗？我觉得热得很呢！大概心里暖和，人也跟着暖和起来！"云飞接过汤，一面喝着，一面得意地看着那快建好的山庄，"看样子，不到一个月，我们就可以搬进来住！你觉得，这比原来的寄傲山庄如何？"

　　"比原来的大，比原来的精致！哇，我等不及要看它盖好的样子！等不及想搬进来！我真没有想到，我的梦，会一个一个地实现！"

　　云飞看着山庄，回忆着，微笑起来：

　　"我还记得，你在这儿，捅了我一刀！"

　　雨凤脸一热，前尘往事，如在目前：

　　"如果那天你没赶来，我已经死在这儿了！"

　　云飞深情地看着她：

　　"后来，我一直想，冥冥中，是你爹把我带来的！他知道他心爱的女儿，有生命危险，引我来这儿，替你挨一刀！"

　　雨凤震撼着，回忆着：

　　"我喜欢你这个说法！后来，雨鹃也说过，可能是爹的意思，要我'报仇'！现在回想，爹从来没有要我们报仇，他只要我们活得快乐！"她就抬头看天，小小声地问："爹，是吗？"

　　云飞最喜欢看她和"爹"商量谈话的样子，就也看天，搂住她说：

"爹，你还满意我吗？"

"我爹怎么说？"她笑着问。

"他说：满意，满意，满意。"

雨凤灿烂地一笑，那个笑容，那么温柔，那么美丽。他的眼光，就无法从她的脸庞上移开了，他感动地说：

"以前，我总觉得，人活到老年，什么都衰退了，就很悲哀。所以，我一直希望自己不要活得太老。可是，自从有了你，我就不怕老了。我要和你一起老，甚至，比你活得更老，好照顾你一生一世。"

她看着寄傲山庄，神往地接口：

"我可以想象一个画面，我们在寄傲山庄里。那是冬天，外面下大雪，我们七个人，都已经很老了，在大厅里围着火炉，一面烤火，一面把我们的故事，寄傲山庄的故事，讲给我们的孙子们听！唔，好美！"

雨鹃奔过来，笑着问：

"什么东西好美？"

雨凤心情好得不得了，笑看云飞，说：

"当我们都老到需要拄拐杖的时候，雨鹃不知道脾气改好没有？如果还是脾气坏得不得了，说不定拿着拐杖，指着阿超说这说那，阿超一生气，结果，我们就都没有拐杖用了！"

雨鹃听得一愣一愣的，问：

"为什么没有拐杖用呢？"

"都给阿超劈掉了！"

云飞大笑。雨鹃一跺脚，鼓着腮帮子：

"好嘛！我就知道，会给你们笑一辈子！"

三个人嘻嘻哈哈，阿超远远地看，忍不住也跑过来了：

"你们说什么说得这么开心？也说给我听一听！"

云飞笑着说：

"从过去，到未来，说不完的故事，说不完的梦！"

四个人正在谈着，忽然间，远方烟尘滚滚，一队人马正快速奔来。

雨鹃一凛，把手遮在额上看：

"有马队！怎么这个画面好熟悉！"

云飞也看了看，不经意地说：

"郑老板说，今天会派一队人来帮忙，大概郑老板的人到了！你们不要紧张，谁都知道，黄队长驻守在这儿，不会有事的！"

雨鹃就笑着提醒雨凤：

"我们也赶快去工作吧！别人做事，我们聊天，太对不起大家了！"

"是！"姊妹俩就快快乐乐地跑去工作了。

马队越跑越近，阿超觉得有点不对，凝视着马队。云飞也觉得有点奇怪，也凝视着马队。

阿超喃喃自话：

"不可能吧！夜枭队已经解散了！"

"我觉得不太对劲……"云飞说，"夜枭队虽然解散了，云翔要组织一个马队，还是轻而易举的事！你最好去通知一下黄队长，让他们防范一下！"

阿超立刻奔去找黄队长。

云飞的推测完全正确。来的不是别人，正是陷进疯狂状态的云翔！

云翔带着人马，怒气腾腾，全速冲来。远远地，他就看到那栋已经快要建好的寄傲山庄，巍峨地耸立在冬日的阳光里！比以前的山庄更加壮观，更加耀眼。他这一看，简直是气冲牛斗，怒不可遏。这样明目张胆地重建寄傲山庄，根本就是对他示威，对他炫耀，对他宣战！真是欺人太甚！他回头大喊：

"点火！"

十几支火把燃了起来。云翔高举着火把，大吼：

"冲啊！去烧掉它！烧得它片瓦不存！冲啊……"

于是，云翔就带着马队，快马冲来。他来得好快，转眼间就冲进了工地，他掠过云飞身边，如同魔鬼附身般狂叫：

"烧啊！冲啊！谁都不许重建寄傲山庄！烧啊！冲啊！冲垮它！烧掉它……"

马队冲进工地，十几支火把，丢向正在营造的屋子。

一堆建材着火了，火舌四窜。

工地顿时间，陷入一片混乱，骡子、马、牛、孩子、妇人……四散奔窜。

小五大惊，往日的噩梦全回来了，在人群中奔逃尖叫：

"魔鬼又来了，魔鬼又来放火了！大姊！二姊……阿超大哥……救命啊！"

孩子们受到感染，纷纷尖叫，四散奔逃。

雨鹃、雨凤奔进人群，雨鹃救小五，雨凤抱住另一个孩子跑开。妇人们跑过来，抱着自己的孩子奔逃。混乱中，阿超一声大叫：

"大家不要乱！女人救孩子，男人救火！"

大家立刻行动，救孩子的救孩子，救火的救火。

黄队长精神大振，总算英雄有用武之地了，他举起长枪，对着天空，连鸣三枪，大吼：

"警察厅有人驻守，谁这么大胆子，来这儿捣乱放火，全给我抓起来！抓起来！"

枪声使马队上的人全体吓住了，大家勒马观望。

云飞急忙把握机会，登高一呼：

"各位赶快停下来！都是自己人，为什么要做这种事！"他看到熟面孔，大叫："老赵！阿旺！你们看看清楚……一个夜枭队都改邪归正了，你们还要糊涂吗？"

马队上的人面面相觑，看到黄队长，又看到云飞，觉得情况不对，老赵就翻身下马，对云飞拜倒：

"大少爷！对不起，我们糊里糊涂，根本不知道是怎么一回事！"

其他随从，跟着倒戈，纷纷跳下马，对云飞拜倒，喊着：

"咱们不知道是大少爷在盖房子，真的不知道！"

云飞就对随从们大喊：

"还不快去救火！"

随从立刻响应，有的去救火，有的去拉回四散的牲口。阿超带头，把刚刚引燃的火头，一一扑灭。

云翔骑着马，还在疯狂奔驰，疯狂践踏。他回头，看见家丁们竟然全部臣服于云飞，放火的变成了救火，更是怒发如狂，完全丧失了理智。一面策马狂奔，对着云飞直冲而来，一面大喊：

"展云飞，我和你誓不两立！我和你誓不两立……"

阿超一见情况不对，丢下手中的水桶，对云飞狂奔过来。

雨凤抬头，看见云翔像个凶神恶煞，挥舞着马鞭，冲向云飞，不禁魂飞魄散，尖叫着，也跌跌冲冲地奔过来。

雨鹃、小四、小三、小五全部奔来。

眼见马蹄就要踹到云飞头上，危急中，黄队长举枪瞄准，枪口轰然发射。

云翔绝对没有想到，有人会对他放枪，根本没有防备，正在横冲直撞之际，只觉得腿部一阵火辣辣的剧痛，已经中弹，从马背上直直地跌落下来，正好跌落在云飞脚下。云飞看着他，大惊失色。

黄队长一不做二不休，举起枪来，瞄准云翔头部，大吼着说：

"慕白兄，我今天为桐城除害！让桐城永绝后患！"

枪口再度轰然一响。

云飞魂飞魄散，大吼：

"不可以……"

他一面喊着，一面纵身一跃，飞身去撞开云翔。

云翔被云飞的身子，撞得滚了开去。但是，子弹没有停止，竟然直接射进云飞的前胸。

阿超狂叫：

"慕白……"

雨凤狂叫：

"不要……慕白……不要……"

黄队长抛下了枪，脸色惨白，骇然大叫：

"你为什么要过来，我杀了他一劳永逸，你们谁都不用负责任呀！"

云飞中了枪，支持不住。他愕然地跪倒，自己也没料到会这样。他挣扎了两下，就倒在地上。阿超扑奔过来，抱住他的头：

"慕白！你怎样？你怎样……"

雨凤连滚带爬地冲了过来，扑跪在地。她盯着他，泪落如雨，哭着喊：

"慕白！你怎么可以这样对我？"

云飞用手压着伤口，血流如注，他看着雨凤，歉疚地说：

"雨凤，对不起……事到临头，我展家的血液又冒出来了……我不能让他死，他……'毕竟'是我兄弟！"

他说完，一口气提不上来，晕死过去。雨凤仰天，哀声狂叫：

"慕白……慕白……慕白……"

雨凤的喊声，那么凄厉高亢，声音穿云透天而去，似乎直达天庭。

云翔滚在一边，整个人都傻了。睁大了眼睛，看着这一幕，他的思想意识全部停顿了。好像在刹那间，天地万物，全部静止。

云飞和云翔，都被送进了"圣心医院"。

由于路上有二十里，到达医院的时候，云翔的情况还好，只有腿上受伤，神志非常清醒。但是，他一路上什么话都没有说。所有的人，也没有一个跟他说话。云飞的情况却非常不好，始终没有醒来过，一路流着血，到达医院，已经奄奄一息。医生护士，不敢再耽误，医院里只有一间手术室，兄弟两个，就被一齐推进了手术室。

手术室房门一合，雨凤就情不自禁，整个人扑在手术室的房门上，凄然地喊着：

"慕白！请你为我活下去！请你为我活下去……因为，如果没有你，我不知道要怎么办！请你可怜可怜我，为我好起来……"

她哭倒在手术室门上。雨鹃带着弟妹们，上前搀扶她。雨鹃落泪说：

"让我们祷告，这是教会医院，信仰外国的神。不管是中国的神，还是外国的神，我们全体祷告，求祂们保佑慕白！我不相信所有的神，都听不见我们！"

小五就跑到窗前，对着窗子跪下，双手合十，对窗外喊着：

"天上的神仙，请您保佑我们的慕白大哥！"

小三、小四也加入，奔过去跪下，诚心诚意地喊着：

"所有的神仙，请你们保佑我们的慕白大哥！"

雨凤仍然扑在手术室的门上，所有的神志，所有的思想，所有的感情，所有的意识……全部跟着云飞，飞进了手术室。

在医院外面，那些建造寄傲山庄的朋友们，全体聚集在门外，不肯散去。黄队长带着若干警察，也在门外焦急地等候。

大家推派了虎头街的老住户贺伯庭为代表，去手术室门口等候。因为医院里没有办法容纳那么多的人。天色逐渐暗淡下来了，贺伯庭才从医院出来，大家立即七嘴八舌，着急地询问：

"苏先生的情况怎样？手术动完没有？救活了吗？"

贺伯庭站在台阶上，对大家沉重地说：

"苏先生的情况非常危险，大夫说，伤到内脏，活命的希望不大！可能还要两小时，手术才能动完，天快黑了，各位请先回家吧！"

"我们不回去，我们要在这儿守着！"

"我们要在这里，给苏慕白打气！"

"我们要一直等到他脱离危险，才会散去！"

大家你一言，我一语地喊着，没有人肯走。

黄队长难过地说：

"我也在这儿守着，我会维持秩序，我们给慕白兄祈福吧！"

"苏慕白！加油！"有人高亢地大喊。

群众立刻齐声响应，吼声震天：

"苏慕白！加油！"

一位修女看得好感动，从医院走出来，对大家说：

"上帝听得到你们的声音，请大家为他祷告吧！"

于是，群众都双手合十，各求各的神灵。

接着，梦娴和齐妈匆匆地赶来了。雨凤看到了梦娴，一句话也说不出来，就扑进她的怀里痛哭。梦娴颤巍巍地扶着她，却显得比她勇敢，她拭着泪，也为雨凤拭着泪，坚定地说：

"孩子，不要急，老天会照顾他的！大夫会救他的！一定会治好的，要不然就太没有天理了！上苍不会这样对我们，一定不会的！老天不会这么残酷！一定不会！"

雨凤只是啜泣，什么话都说不出来。

祖望和品慧也气急败坏地赶来了，看到梦娴和萧家姊弟，祖望心情复杂，简直不知道说什么好，尴尬而焦急地站在那儿，想问两个儿子的情况，但是，面对的是一群不知是"亲"还是"非亲"的人，看到的是一张张悲苦愤怒的脸庞，他就整个人都退缩了。品慧见祖望这样，也不敢说话了。还是齐妈，顾及主仆之情，过去低声说：

"二少爷只是皮肉伤，不严重。大少爷情况很危险，大夫说，只能尽人事听天命！"

祖望脚一软，跌坐在椅子里，泪，就潸潸而下了。

终于，手术室房门一开，护士推着云翔的病床出来。

病房外的人全体惊动，大家围上前去，一看是云翔，所有的人像看到鬼魅，大家全部后退，只有祖望和品慧迎上前去。品慧立刻握住云翔的手，落泪喊：

"云翔！"

云翔看着父母，恍如隔世。喉头硬着，无法说话。

护士对祖望和品慧说：

"这一位只是腿部受伤，子弹已经取出来了，没有什么严重！现在要推去病房！详细情形大夫会跟你们说！"

祖望急急地问：

"还有一个呢？"

"那一位伤得很严重，大夫还在尽力抢救，恐怕有危险！还要一段时间才能出来！"

雨凤脚下一个颠踬，站立不稳。雨鹃急忙扶住她。

云翔的眼光，不由自主地扫过手术室外面的人群，只见梦娴苍白如死，眼泪簌簌掉落，齐妈坐在她身边，不停地帮她拭泪。小三小四小五挤在一起，个个哭得眼睛红肿。小三不住用手抱着小五，自己哭，又去给小五擦眼泪。阿超挺立在那儿，一脸悲愤地瞪着他，那样恨之入骨的眼神，逼得他不得不转开视线。

医院外，传来群众的吼声：

"苏慕白，请为大家加油！我们在这儿支持你！"

云翔震动极了。心里像滚锅油煎一样，许多说不出来的感觉，在那儿挤着、炸着、煎着、熬着、沸腾着。他无法分析自己，也无力分析自己，不知道这种感觉是悔是恨，是悲是苦？只知道，那种"煎熬"，带来的是前所未有的痛！他的暴戾之气，到这时，已经全消。眼神里，带着悲苦。他看向众人，只见所有的人，都用恨极的眼光，瞪着他。他迎视着这些眼光，生平第一次，觉得自己会在乎这些眼光。觉得这每一道眼光，都锐利如刀，正对他一刀刀刺下。每一刀都直刺到内心深处。

祖望感到大家的敌意，和那种对峙的尴尬，对品慧说：

"你陪他去病房，我要在这儿等云飞！"

品慧点头，不敢看大家，扶着病床，匆匆而去。

雨凤见云翔离去了，就悲愤地冲向窗前，凝视窗外的穹苍，雨鹃跟过去，用手搂着她的肩。无法安慰，泪盈于眶。

阿超走来，嘴里念念有词：

"一次挡不了刀，一次挡不了枪，阿超！你这个笨蛋！有什么脸站在这儿，有什么脸面对雨凤雨鹃？"

雨凤看着窗外的天空，喃喃地对雨鹃说：

"你不知道，当马队来的时候，他正在跟我说，他要活得比我老，照顾我一生一世……他不能这样对我，如果他死了，我绝对不会原谅他，我会……恨他一辈子！"她吸了口气，看着雨鹃，困惑已极地说："我就是想不明白呀，他怎么可以拿身子去挡子弹呢？他不要我了吗？所有的誓言和承诺，所有的天长地久，在那一刹那，他都忘了吗？"

人人听得鼻酸，梦娴更是泪不可止。

祖望最是震动，忍不住，也老泪纵横了。他看着梦娴，千言万语，化为一句：

"梦娴，对不起！我……我好糊涂，我错怪云飞了！"

梦娴泪水更加涌出，抬头看雨凤：

"不要对我说，去对雨凤说吧！"

祖望抬头，泪眼看雨凤。要他向雨凤道歉，碍难出口。

雨凤听而不闻，只是看着窗外的天空。落日已经西沉，归鸟成群掠过。

天黑了。终于，手术室的门，豁然而开。

全体的人一震，大家急忙起立，迎上前去。

云飞躺在病床上面，脸色比被单还白，眼睛紧紧地闭着，眼眶凹陷。仅仅半日之间，他就消瘦了。整个人像脱水一样，好像只剩下一具骨骸。好几个护士和大夫，小心翼翼地推着病床，推出门来。

雨凤踉踉跄跄地扑过去，护士急忙阻止：

"不要碰到病床！病人刚动过大手术，绝对不能碰！"

雨凤止步，眼光痴痴地看着云飞。

几个医生，都筋疲力尽。梦娴急问：

"大夫，他会好起来，是不是？"

"他已经渡过危险了？他会活下去，对不对？"祖望哑声地跟着问。

大夫沉重地说：

"我们已经尽了全力了！现在，要看他自己的造化了！如果能够挨过十二小时，人能够清醒过来，就有希望活下去！我们现在，要把他送进特别病房，免得细菌感染。你们家属，只能有一个陪着他，是谁要陪？"

雨凤一步上前。大家就哀伤地退后。

护士推动病床，每双眼睛，都盯着云飞。

梦娴上前去，紧紧地抱了雨凤一下，说：

"他对你有誓言，有承诺，有责任……他从小就是一个守信用，重义气的孩子，他答应过的事，从不食言！请你，帮我们大家唤回他！"

雨凤拼命点头，目不转睛地看着云飞。看到他一息尚存，她的勇气又回来了。云飞，你还有我，你在人世的责任未了！你得为我而活！她扶着病床，向前坚定地走去，步子不再蹒跚了。

大家全神贯注地目送着。每个人的心，都跟着两人而去。

这天晚上，因为云飞没有脱离险境，医院内外守候的朋友，也没有任何一个人离去。在医院里的人，还有凳子坐，医院外的人，就只有席地而坐。

医院里的两位修女，从来没有看过这种情形，一个病人，竟然有这么多的朋友为他等待！

她们感动极了，拿了好多的蜡烛出来，发给大家，说：

"点上蜡烛，给他祈福吧！"

虽然点蜡烛祈福，是西方的方式，但是，大家已经顾不得东方西方，中国神还是外国神。大家点燃了蜡烛，手持烛火，虔诚祝祷。

郑老板和金银花匆匆赶到，看到这种情形，不禁一愣。黄队长见到郑老板，又是惭愧，又是抱歉，急急地迎上前去。

"怎样了？救得活吗？"郑老板着急地问。

黄队长难过地说：

"对不起，祸是我闯的！真没想到会变成这样！我就有十八个脑袋，也没有一个脑袋会料到，慕白居然会扑过去救那只夜枭！"

郑老板深深点头，伸手按住黄队长的肩：

"不怪你，他们是兄弟！"

"到底手术动完没有？"金银花问。

"手术已经完了，可是，人还在昏迷状态！大夫说，非常非常危险！"

这时，群众中，有一个人开始唱歌，唱着萧家姊妹常唱的《人间有天堂》。

这歌声，立刻引起大家的回应。大家就手持烛火，像唱圣诗一般地唱起歌来：

在那高高的天上，阳光射出万道光芒，当太阳缓缓西下，黑暗便笼罩四方，可是那黑暗不久长，因为月儿会悄悄东上，把光明洒下穹苍。即使没有太阳也没有月亮，朋友啊，你们不要悲伤，因为细雨会点点飘下，滋润着万物生长。这个世界就是这样；只要你心里充满希望，人间处处，会有天堂……

郑老板心里涌上一股热浪，有说不出的震动和感动，对金银花说：

"金银花，你去买一些包子馒头，来发给大家吃……这样吧，干脆让待月楼加班，煮一些热汤熟饭，送来给大家吃！"

金银花立刻应着：

"好！我马上去办！"

一整夜，雨凤守着云飞。

天色渐渐亮了，云飞仍然昏迷。

大夫不停地过来诊视着他，脸色沉重，似乎越来越没有把握了。

"麻醉药的效力应该过去了，他应该要醒了！"大夫担忧地说。

雨凤看着大夫的神色，鼓起勇气问：

"他是不是也有可能，从此不醒了？"

大夫轻轻地点了点头，没办法欺骗雨凤，他诚实地说：

"这种情况，确实不乐观，你最好要有心理准备……你试试看，跟他说说话！不要摇动他，但是，跟他说话，他说不定听得见！到了这种时候，精神的力量和奇迹，都是我们需要的！"

雨凤明白了。

她在云飞床前的椅子里坐下，用热切的眸子，定定地看着他。然后，她把他的手紧紧一握，开始跟他说话。她有力地说：

"云飞，你听我说！我要说的话很简短，而且不说第二遍！你一定要好好地听！而且非听不可！"

云飞的眉梢，似乎轻轻一动。

"从我们相遇到现在，你跟我说了无数的甜言蜜语，也向我发了许许多多的山盟海誓！我相信你的每一句话，这才克服了各种困难，克服了我心里的障碍，和你成为夫妻！现在，寄傲山庄已经快要建好了，我们的未来，才刚刚开始，我绝对，绝对，绝对不允许你做一个逃兵！你一定要醒过来面对我！要不然，你就毁掉了我对整个人生的希望！你那本《生命之歌》也完全成为虚话！你不能这样！不可以这样！"

云飞躺着，毫无反应。她看了他一会儿，叹了口气：

"不过，如果你已经决定不再醒来，我心里也没有恐惧，因为，我早已决定了！生，一起生，死，一起死！现在，有阿超帮着雨鹃照顾弟弟妹妹，还有郑老板帮忙，我比以前放心多了！所以，如果你决定离去，我会天上地下地追着你，向你问个清楚，你千方百计把我骗到手，就为了这短短的两个月吗？世界上，有像你这样不负责任的男人吗？"

云飞的眉梢，似乎又轻轻一动。

"你说过，你要活得比我老，你要照顾我一生一世！你说过，你会用你的一生，来报答我的深情！你还说过，我会一辈子是你的新娘，当我们老的时候，当我们鸡皮鹤发的时候，当我们子孙满堂的时候，我还是你的新娘！你说了那么多的话，把我感动得一塌糊涂！难道，你的'一生'只是这么短暂，只是一个'骗局'吗？"她低头，把嘴唇贴在他的耳边，低而坚决地说，"慕白，当我病得昏昏沉沉的时候，你对我说过几句话，我现在要说给你听！"

云飞的眉头，明显地皱了皱。她就稳定而热烈地低喊：

"我不允许你消沉，不允许你退缩，不允许你被打倒，更不允许你从我生命里隐退，我会守着你，看着你，逼着你好好地活下去！"

这次，云飞眉头再一皱，皱得好清楚。

窗外，群众的呼叫和歌声传来。

雨凤两眼发光地盯着他：

"你听到了吗？大家都在为你的生命祈祷，大家都在为你守候，为你加油！你听！这种呼唤，不是我一个人的，是好多好多人的！你'一定'要活过来！你这么热情，你爱每一个人，甚至展夜枭！这样的你，不能让大家失望，不能让大家伤心，你知道吗？你知道吗？"

云飞像是沉没在一个深不见底的大海里，一直不能自主地往下沉，往下沉，往下沉……可是，就在这一次次的沉没中，他却一直听到一个最亲切、最热情的声音，在喊着他，唤着他，缠着他……这个声音，逐渐变成一股好大的力量，像一条钢缆，绕住了他，把他拼命地拖出水面，他挣扎着，心里模糊地喊着：不能沉没！不能沉没！终于，他奋力一跃，跃出水面，张着嘴，他大大地呼吸，他脱困了！他不再沉没了，他可以呼吸了……他的身子动了动，努力地睁开了眼睛。

"雨凤……雨凤？"他喃喃地喊。

雨凤惊跳起来，睁大眼睛看着他，扑下去，迫切地问：

"云飞？你听到我说的话吗？你听到了我，看到了我吗？"

他努力集中视线，雨凤的影子，像水雾中的倒影，由模糊而转为清晰。雨凤……那条钢缆，那条把他拖出水面的钢缆！他的眼睛潮湿，里面，凝聚着他对生命的热爱和力量，他轻声说：

"我一直看到你，一直听到了你……"

雨凤呼吸急促，又悲又喜，简直不能相信，热切地喊：

"云飞！你真的醒了吗？你认得我吗？"

他盯着她，努力地看她，衰弱地笑了：

"你化成灰，我也认得你！"

雨凤的泪，顿时稀里哗啦地流下，嘴边带着笑，大喊：

"大夫！大夫！他醒了！他醒了！"

大夫和护士们奔来。急急忙忙诊视他，察看瞳孔，又听心跳。大夫要确定云飞的清醒度，问他：

"你叫什么名字？"

"这是我最头痛的问题！好复杂！"云飞衰弱地说。

大夫困惑极了，以为云飞神志不清，仔细看他。

"我……好像有两世，一世名叫展云飞，一世名叫苏慕白……"他解释着。

雨凤按捺不住，在旁边又哭又笑地喊：

"大夫！你不用再怀疑了，他活过来了！他的前世，这世，来世……都活过来了！管他叫什么名字，只要他活着，每个名字都好！"

窗外，传来群众的歌声，加油的吼声。

雨凤奔向窗口，俯身到窗外，拿出手帕，对窗外挥舞，大叫：

"他活过来了！他活过来了！他活过来了……"

医院外，群众欢腾。大家掏出手帕，也对雨凤挥舞，吼声震天：

"苏慕白，欢迎回到人间！"

云飞听着，啊！这个世界实在美丽！

雨凤对窗外的人，报完佳音，就想起在病房外守候的梦娴和家人了，她转身奔出病房，对大家跑过去，又哭又笑地喊着：

"他醒了！大夫说他会好！他渡过了危险期，他活过来了！他活过来了！"

阿超一击掌，跳起身子，忘形地大叫：

"我就知道他会好！他从来不认输，永远不放弃！这样的人，怎么会那么容易死！"

金银花眉开眼笑，连忙上前去，跟雨凤道贺：

"恭喜恭喜！我从来没有这样激动过！咱们家刚刚嫁出的女儿，怎么可能没有长命百岁的婚姻呢？"

雨鹃一脸的泪，抱着小三、小四、小五跳：

"他活了！他活了！神仙听到我们了！"

齐妈扶着梦娴，跑过去抓着雨凤的手。

"雨凤啊！你不负众望！你把他唤回来了！"梦娴说。

雨凤含着泪，笑着摇头：

"是大家把他唤回来了！这么美丽的人生，他怎么舍得死？"

祖望含泪站着，心里充满了感恩。他热烈地看着雨凤，好想对她说话，好想跟她说一声谢谢，却生怕会被排斥，就傻傻地站着。

郑老板大步走向他，伸手压在他的肩上，哈哈笑着：

"展先生，你知道吗？我实在有点嫉妒你！虽然你失去了一些金钱，但是，你得回了一个好儿子！我这一生，如果说曾经佩服过什么人，那个人就是云飞了！假若我能够有一个这样的儿子，什么钱庄煤矿，我都不要了！"

祖望迎视着郑老板，这几句话，像醍醐灌顶，把他整个唤醒了。

郑老板说完，就回头看看金银花：

"慕白活了，我们也不用再在医院守候了，干活去吧！"

说着，就把手臂伸给金银花，不知怎的，突然珍惜起她这一份感情来了。人生聚散不定，生死无常，该把握手里的幸福。金银花在他眼中，看到了许多没说出口的话，心里充满了惊喜。她就昂头挺胸，满眼光彩地挽住郑老板，走出医院。推开大门，医院外亮得耀眼的阳光，就迎面走了过来。她抬眼看天，嫣然一笑，扭着腰肢，清脆地说：

"哟！这白花花的太阳，闪得我眼睛都睁不开！真是一个好晴天呢！冬天的太阳，是老天爷给的恩赐，不晒可白不晒！我得晒晒太阳去！"

"我跟你一起，晒晒太阳去！反正……不晒白不晒！"郑老板笑着接口，揽紧了她。

30

云飞活过来了，整个萧家就也活过来了。大家把云飞那间病房，变成了俱乐部一样，吃的、喝的、用的、穿的……都搬来了。每天，房间里充满了歌声、笑声、喊声、谈话声……热闹得不得了。

相反地，在云翔的病房里，却是死一样的沉寂。云翔自从进了医院，就变了一个人，他几乎不说话，从早到晚，只是看着窗外的天空出神。尽管品慧拼命跟他说这个，说那个，祖望也小心地不去责备他，刺激他，他就是默默无语。

这天，云飞神清气爽地坐在床上。雨凤、雨鹃、梦娴、齐妈、小三、小四、小五全部围绕在病床前面，有的削水果，有的倒茶，有的拿饼干，有的端着汤……都要喂给云飞吃。小五拿着一个削好的苹果，嚷着：

"我刚刚削好的，我一个人削的，都没有人帮忙耶！你快吃！"

小三拿着梨，也嚷着：

"不不不！先吃我削的梨！"

"还是先把这猪肝汤喝了，这个补血！"梦娴说。

"我觉得还是先喝那个人参鸡汤比较好，中西合璧地治，恢复得才快！"齐妈说。

"要不然，就先吃这红枣桂圆粥！"雨凤说。

云飞忍不住大喊：

"你们饶了我吧！再这样吃下去，等我出院的时候，一定会变成一个大胖子！雨凤，你不在乎我'脑满肠肥'吗?"

雨凤笑得好灿烂：

"只要你再不开这种'血溅寄傲山庄'的玩笑，我随你脑怎么满，肠怎么肥，我都不在乎了！"

阿超纳闷地说：

"这也是奇怪，一次会挨刀子，一次会挨枪子，这'寄傲山庄'是不是有点不吉利？应该看看风水！"

雨鹃推了他一把：

"你算了吧！什么寄傲山庄不吉利，就是你太不伶俐，才是真的！"

阿超立刻引咎自责起来：

"就是嘛，我已经把自己骂了几千几万遍了！"

小四不服气了，代阿超辩护：

"这可不能怪阿超，隔了那么远，飞过去也来不及呀！"

齐妈笑着，对雨鹃说：

"你可别随便骂阿超，小四是最忠实的'阿超拥护者'，你骂他会引起家庭战争的！"

阿超心情太好了，有点得意忘形，又接口了：

"就是嘛！其实我娶雨鹃，都是看在小三、小四、小五分上，他们对我太好了，舍不得他们，这才……"

雨鹃重重地咳了一声嗽：

"嗯哼！别说得太高兴哟！"

小三急忙敲了敲阿超的手，提醒说：

"当心她又弄一百零八颗扣子来整你！"

"一百零八颗扣子也就算了，还要什么诗意、情调、浪漫、好听……那些，才麻烦呢！"小四大声说。

雨鹃慌忙赔笑地嚷嚷：

"我们换个话题好不好？"

大家笑得东倒西歪。就在这一片笑声中，门口，有人敲了敲房门。

大家回头去看。一看，就全体呆住了。原来，门外赫然站着云翔！他撑着拐杖，祖望和品慧一边一个扶着，颤巍巍地站在那儿。

房里，所有的笑声和谈话声都戛然而止。每一个人都瞪大了眼睛，看着门外。

双方对峙着，有片刻时间，大家一点声音都没有。

祖望终于打破沉寂，软弱地笑着：

"云飞，云翔说，想来看看你！"

阿超一个箭步，往门口一冲，拦门而立，板着脸，激动地说：

"你不用看了，被你看两眼，都会倒霉的！你让大家多活几年吧！"

小四跟着冲到门口去，瞪着云翔，大声地说：

"你不要再欺负我的姊姊妹妹，也不要再去烧寄傲山庄！我跟你定一个十年的约会，你有种就等我长大，我和你单挑！"

品慧看到一屋子敌意，对云翔低声说：

"算了，什么都别说了，回去吧！"

云翔挺了挺背脊，不肯回头。祖望就对云飞低声说：

"云飞，他是好意，他……想来跟你道歉！"

雨鹃瞪着云翔，目眦尽裂，恨恨地说：

"算了吧！免了吧！黄鼠狼给鸡拜年，不安好心！我们用不着他道歉，谁知道是真的还是假的？只要他进了这屋子，搞不好又弄得血流成河，够了！"

云飞不由自主，抬眼去凝视云翔。兄弟两个，眼光一接触，云翔眼中，立刻充泪了。云飞心里怦然一跳，他终于看到了"云翔"，那个比他小了四岁，在童稚时期，曾经牵着他的衣袖，寸步不离，喊着"哥哥"的那个小男孩！他深深地注视云翔，云翔也深深地注视他。在这电光石火之间，兄弟两个的眼光已经交换了千言万语。

云飞感到热血往心中一冲，有无比的震动。他说：

"阿超，你让开！让他进来！"

阿超不得已，让了让。

云翔拄杖，往房间里跛行了几步。阿超紧张兮兮地喊：

"可以了！就在这儿，有话就说吧！保持一点距离比较好！要不然，又会掐他一把，撞他一下，简直防不胜防！"

云翔不再往前，停在房间正中，离床还有一段距离，看着云飞。

云飞就温和地说：

"有什么话？你说吧！"

云翔突然丢下拐杖，扑通一声，对云飞跪了下去。

大家都吓了一大跳。

品慧弯腰，想去扶他，他立即推开了她。他的眼光一直凝视着云飞，哑声地，清楚地开口了：

"云飞，我这一生，一直把你当成我的'天敌'，跟你作战，成为我生命中最重要的事，就这样浑浑噩噩地过了二十六年！现在回想，像是害了一场大病，病中的种种疯狂行为，种种胡思乱想，简直不可思议！如今大梦初醒，不知道应该对你说什么？也不知道该怎样才能让你了解我的震撼！在你为我挡子弹的那一刹那，我想，你根本没有经过思想，那是你的'本能'，这个'本能'，把我彻底唤醒了！现在，我不想对你说'谢谢'，那两个字太渺小了，不足以代表我此时此刻的心情！我只想告诉你，你的血没有白流！因为，'展夜枭'从此不存在了！"

云翔说完，就对云飞恭恭敬敬地磕了一个头。

云飞那么震动，那么感动，心里竟然涌起一种狂喜的情绪。他热切地凝视着云翔，眼里充满了怜惜之情，那是所有哥哥对弟弟的眼光。嘴里，却一个字也说不出来。

云翔磕完头，艰难地起立。品慧流着泪，慌忙扶着他。

他转身，什么话都不再说了，在品慧的搀扶下，拄杖而去。

所有的人都呆住了，大家都震动着，安静着，不敢相信地怔着。

半晌，祖望才走到云飞床前，看看梦娴，又看看云飞，迟疑地，没把握地说：

"云飞，你出院以后，愿不愿意回家？"他又看梦娴："还有你？"

梦娴和云飞对看，双双无话。祖望好失望，好难过，低低一叹：

"我知道，不能勉强。"就对梦娴说："不过，我还是要告诉你，谢谢你，为我生了一个好儿子！"

好不容易，母子二人，才得到祖望的肯定，两人都有无比地震撼和辛酸。梦娴就低低地说：

"过去的不快，都过去了，我相信云飞和我一样，什么都不再介意了。只是，好想跟他们……"她搂住小三小五："在一起，请你谅解我！"

云飞也充满感情地接口：

"爹，回不回去，只是一个形式，重要的，是我们不再敌对了！现在，我有一个好大的家，家里有九个人！我好想住在寄傲山庄，那是我们这一大家子的梦，希望你能体会我的心情！"

祖望点点头，看到萧家五个孩子的姊弟情深，他终于对云飞有些了解了，却藏不住自己的落寞。他看了雨凤一眼，许多话哽在喉咙口，还是说不出口，转身默默地走了。

萧家五姊弟，静悄悄地站着，彼此看着彼此。大家同时体会到一件最重要的事，他们和展夜枭的深仇大恨，在此时此刻，终于烟消云散了。

故事写到这儿，应该结束了。可是，展家和寄傲山庄，还有一些事情，是值得一提的。为了让读者有更清楚的了解，我依先后秩序，记载如下：

三个月后，正是春暖花开的时节。

这天，展家大门口，来了一个老和尚。他一面敲打木鱼，一面念着经。

云翔听到木鱼声，就微跛着腿，从里面跑出来。看到老和尚，觉得似曾相识，再一听，和尚正喃喃地念着：

"一花一世界，一木一菩提，回头才是岸，去去莫迟疑！"

云翔心里，怦然狂跳，整个人像被电流通过，从发尖到脚趾，都闪过了颤栗。他悚然而惊，目不转睛地盯着老和尚看。和尚就对他从容地说：

"我来接你了，去吧！"

云翔如醍醐灌顶，顿时间，大彻大悟。他脸色一正，恭恭敬敬地应了一句：

"是！请让我去拜别父母！"

他转身，一口气跑到祖望和品慧面前，一跪落地，对父母恭恭敬敬地磕了三个头，说：

"爹！娘！我一身罪孽，几世都还不清，如今孽障已满，尘缘已尽。我去了！请原谅我如此不孝！"

说完，他站起身来，往外就走。祖望大震，品慧惊疑不定，喊着：

"云翔，你这是做什么？不可以呀！你要去哪里？"

云翔什么都不回答，径自走出房间。祖望和品慧觉得不对，追了出来。追到大门口，只见云翔对那个和尚，干脆而坚定地说：

"俗事已了，走吧！"

品慧冲上前去，拉住他，惊叫出声：

"你不能走，你还有老父老母，你走了我们靠谁去？"

和尚敲着木鱼，喃喃地念：

"冤冤相报何时了？劫劫相缠岂偶然？一花一世界，一木一菩提，回头才是岸，去去莫迟疑！"

祖望睁大眼睛，看着和尚，心里一片清明。他醒悟了，伸手拉住了品慧，他含泪说：

"孽障已满，尘缘已尽，让他去吧！"

云翔就跟着和尚，头也不回地去了。

从此，没有人再见到过他。

那个春天，寄傲山庄里是一片欢愉。

这晚，一家九口，在大厅内欢聚。灯火辉煌。雨凤弹着月琴，小三拉着胡琴，小四吹着笛子，大家高唱着《问云儿》。

梦娴靠在一张躺椅中，微笑地看着围绕着她的人群。

羊群在羊栏里咩咩地叫着。小五说：

"阿超大哥，是不是那只小花羊快要当娘了？"

"对，它快要当娘了！"

雨鹃笑着说：

"只怕……快当娘的不只小花羊吧！"

梦娴一听，喜出望外，急忙问：

"雨凤，你已经有好消息了吗？"

雨凤丢下月琴，跑开去倒茶，脸一红，说：

"雨鹃真多嘴，还没确定呢！"

云飞一惊，看雨凤，突然心慌意乱起来，跑过去，小心翼翼地拉住她问：

"那是有迹象了吗？你怎么不跟我说？你赶快给我坐下！坐下！"

雨凤红着脸，一甩手：

"你看嘛，影子还没有呢，你就开始紧张了！说不定雨鹃比我快呢！"

这下，轮到阿超来紧张了：

"雨鹃，你也有了吗？"

雨鹃一脸神秘相，笑而不答。

云飞被搅得糊里糊涂，紧张地问雨凤：

"到底你有了还是没有？"

"不告诉你！"雨凤笑着说。

梦娴伸手拉住齐妈，两人相视而笑。梦娴说不出心中的欢喜，喊着：

"齐妈！我等到了！齐妈……我等到了呀！"

齐妈摇着梦娴的手，笑得合不拢嘴：

"我知道，我有得忙了！小衣服，小被子，雨凤的，雨鹃的，我一起准备！"

云飞看着雨凤，映华的悲剧，忽然从眼前一闪而过。他心慌意乱，急促地问：

"什么时候要生？"

"到时候你就知道了！"她了解地看他，给他稳定的一笑，"你放心！"

"放心？怎么可能放心呢？"云飞瞪大眼，自言自语。

阿超也弄得糊里糊涂，说：

"雨鹃，你到底怎样？不要跟我打哑谜呀，我也很紧张呀！"

雨鹃学着雨凤的声音说：

"不告诉你！到时候你就知道了！"

阿超跟云飞对看，两个人都紧紧张张。阿超叫着说：

"哇！你们两个，通通给我坐下来，谁都不要动了！坐下！坐下！"

"你们两位大男人，不要发神经好不好？"雨鹃啼笑皆非地喊。

小四白了阿超一眼，笑着嚷：

"阿超，你不要笨了，你看看，那只小花羊有坐在那儿等生宝宝，坐几个月不动吗？"

雨鹃追着小四就打：

"什么话嘛！把你两个姊姊比成小花羊！"

一屋子大笑声。

梦娴拉着雨凤的手，笑着左看右看，越看越欢喜：

"雨凤啊！我觉得好幸福！谢谢你让我有这样温暖的一段日子！"她深深地靠进躺椅中："好想听你唱那首《问云儿》！"

雨凤就去坐下，抱起月琴：

"那么，我就唱给你听！这首歌，是我和云飞第一次见面那天唱的！"

小三拉胡琴，小四吹笛子，雨凤开始唱着《问云儿》。

齐妈拿了一条毯子来，给梦娴盖上。

雨凤那美妙的歌声，飘散在夜色里。

问云儿，你为何流浪？问云儿，你为何飘荡？问云儿，你来自何处？问云儿，你去向何方？问云儿，你翻山越岭的时候，可曾经过我思念的地方？见过我梦里的脸庞？问云儿，你回去的时候，可否把我的柔情万丈，带到她身旁，告诉她，告诉她，告诉她……唯有她停留的地方，才是我的天堂……

梦娴就在这歌声中，沉沉睡去，不再醒来了。

云飞后来，在他的著作中，这样写着：

第一次，我发觉"死亡"也可以这么安详，这么温暖，这么美丽。

梦娴葬进了展家祖坟。

这天，云飞和祖望站在梦娴的墓前。父子两个，好久没有这样诚恳地谈话。

"真没想到，短短的半年之间，会有这么大的变化，你娘走了，云翔出家了，展家也没落了……"祖望无限伤感地说，"正像你说的，转眼间，就落叶飘满地了！"

云飞凝视着父亲，伤痛之余，仍然乐观：

"爹！不要太难过了，退一步想，娘走得很平静很安详，也是一种幸福！云翔大彻大悟，放下屠刀立地成佛，也是一件好事！至于展家，还有祖产，足以度日。几家钱庄，只要降低利息，抱着服务大众的心态来经营，还是大有可为的！何况还有一些田产，并没有到山穷水尽的地步！"

祖望看着他，期期艾艾地说：

"云飞，你……你回来吧！"

云飞震动了一下，默然不语。

"自从你代云翔挨了一枪，我心里有千千万万句话想对你说，可是，我们父子之间误会已深，我几次想说，几次都开不了口。"

云飞充满感性地接口：

"爹，你不要说了，我都了解！"

"现在，我要你回家，你可能也无法接受。好像我在有云翔的时候排斥你，失去云翔的时候再要你，我自己也觉得好自私。可是，我真的好希望你回来呀！"

云飞低头，沉吟片刻，叹了一口长气：

"不是我不肯回去，而是，我也有我的为难。现在，我的家庭，是一个好大的家庭，我不再是一个没有羁绊的人，我必须顾虑雨凤他们的感觉！直到现在，雨凤从没有说过，她愿意做展家的媳妇！正像你也从来没对雨凤说过，你愿意接受她作为媳妇一样！我已经死里逃生，对于雨凤和那个家，十分珍惜。我想，要她进展家的大门，仍然难如登天。何况，我现在养牛养羊，过着田园生活，一面继续我的写作，这种生活，是我一生梦寐以求的，你要我放弃这种生活，我实在舍不得！"

祖望看着他，在悔恨之余，也终于了解他了：

"我懂了，我现在已经可以为你设身处地去想了，我不会，也不忍让你放弃你的幸福……可是，有一句话一定要对你说！"

"是！"

"到了今天，我不能不承认，你是我最大的骄傲！"

云飞震动极了，盯着祖望：

"有一句话，我也一定要对你说！"

祖望看着他。

"你知道寄傲山庄，坐马车一会儿就到了！寄傲山庄的大门永远开着，那儿有一大家子人，如果有一天，你厌倦了城市的繁华，想回归山林的时候，也愿意接受他们作为你的家人的时候，来找我们！"

转眼间，春去冬来。

这天，寄傲山庄里，所有的人都好紧张。齐妈带着产婆，跑出跑进，热水一壶一壶地提到雨凤房里去。

"哎哟……好痛啊……"雨凤的声音，从卧室里传出来。

云飞站在大厅里，听得心惊肉跳，用脑袋不断地去撞着窗棂，撞得砰砰作响，嘴里痛苦地喊：

"为什么要让她怀孕嘛？为什么要生孩子嘛？为什么要让她这么痛苦嘛？老天，救救雨凤，救救我们吧！"

阿超走过去，拍着他的肩，嚷着：

"你不要弄得每个人都神经兮兮，紧紧张张好不好？产婆和齐妈都说，这是正常的！这叫作'阵痛'！"

"可是，我不要她痛嘛……为什么要让她这样痛嘛……"

小三、小四、小五都在大厅里焦急地等待。比起云飞来，他们镇定多了。

雨鹃大腹便便，匆匆地跑出来，喊：

"阿超！你赶快再去多烧一点热水！"

"是！"阿超急忙应着。

云飞脸色惨变，抓住雨鹃问：

"她怎样了？情况不好？是不是……"他转身就往里面冲："我要去陪着她！我要去陪着她……"

雨鹃用力拉住他：

"你不要紧张！一切都很顺利，雨凤不要你进去，你就在外面等着，你进去了，雨凤还要担心你，她会更痛的……"

雨鹃话没说完，又传来一声雨凤的痛喊声：

"哎哟……哎啊……好痛……齐妈……"

云飞心惊胆战，急得快发疯了，丢下雨鹃，往里面冲去。他跌跌冲冲地奔进房，嘴里，急切地喊着：

"雨凤，雨凤，我真该死……你原谅我……"

齐妈跳起身子，把他拼命往外推：

"快出去！快出去！这是产房，你男人家不要进来……"

雨鹃也跑过来拉云飞，生气地说：

"你气死我了！雨凤都没有你麻烦……我们照顾雨凤都来不及了，还要照顾你……"

就在拉拉扯扯中，一声响亮的儿啼传来。产婆喜悦地大叫：

"是个男孩子！一个胖小子！"

齐妈眉开眼笑，忙对云飞说：

"生了，生了！恭喜恭喜！"

云飞再也顾不得避讳，冲到雨凤身边，俯头去看她，着急地喊：

"雨凤，你好吗？你怎样？你怎样？"

雨凤对他展开一个灿烂的笑：

"好得不得了！我生了一个孩子，好有成就感啊！"

云飞低头，用唇吻着她汗湿的额头，惊魂未定地说：

"我吓得魂飞魄散了，我再也不要你受这种苦！一个孩子就够了！"

"胡说八道！我还要生，我要让寄傲山庄里，充满了孩子的笑声！"雨凤笑着说，伸手握住他的手，"你说的，'生命就是爱'！我们的爱，多多益善！"

这时，齐妈抱着已经清洗干净，包裹着的婴儿上前：

"来！让爹和娘看看！"

雨凤坐起，抱着孩子，云飞坐在他身边，用一种崭新的、感动的眼光，凝视着那张小脸蛋。雨凤几乎是崇拜地赞叹着：

"天啊！他好漂亮啊！"

门口，挤来挤去的小三小四小五一拥而入。

大家挤在床边，看新生的婴儿。

"哇，他好小啊！下巴像我！"小三说。

"脸庞像我！"小五说。

"你们别臭美了，人家说外甥多似舅，像我！"小四说。

大家嘻嘻哈哈，围着婴儿，赞叹不已。

后来，云飞在他的著作中这样写着：

原来，"生"的喜悦，是这么强烈而美好！怪不得这个世界，生生不息！

是的，生生不息。这个孩子才满月，雨鹃生了小阿超。寄傲山庄里，更加热闹了。真是笑声歌声儿啼声，此起彼落，无止无休。

这天黄昏，彩霞满天。

寄傲山庄在落日余晖下，冒着袅袅炊烟。

这时，一个苍老而伛偻，脚步蹒跚的老人，走到山庄前，就呆呆地站住了，痴痴地看着山庄内的窗子。这老人不是别人，正是祖望。

笑声，歌声，婴儿嘻笑声……不断传出来，祖望倾听着，渴望地对窗子里看去，但见人影穿梭，笑语喧哗，他受不了这种诱惑，举手想敲门。但是，手到门边，不由得想起自己曾经对雨凤说过的话：

"你教唆云飞脱离家庭，改名换姓，不认自己的亲生父亲，再策划一个不伦不类的婚礼，准备招摇过市，满足你的虚荣，破坏云飞的孝心和名誉，这是一个有教养、有情操的女子会做的事吗？应该做的事吗？"

他失去了敲门的勇气，手无力地垂了下来。就站在那儿，默默地看着，听着。

云飞和阿超，正带着羊群回家。小四拿着鞭子，跑来跑去地帮忙。小五跟着阿超，手里拿着鞭子，吆喝着，挥打着，嘴里高声唱着牧羊曲：

小羊儿哟，快回家哟，红太阳哟，已西落！红太阳哟，照在你身上，好像一条金河！我手拿着，一条神鞭，好像是女王！轻轻打在，你的身上，叫你轻轻歌唱……

祖望听到歌声，回头一看，见到云飞和阿超归来，有些狼狈，想要藏住自己。

阿超眼尖，一眼看到了，大叫着：

"慕白！慕白！你爹来了！"

云飞看到祖望，大为震动，慌忙奔上前去：

"爹！你什么时候来的？怎么不敲门呢？"就扬着声音急喊："雨凤！雨凤！我爹来了！"

寄傲山庄的大门，豁啦一声打开了。

雨凤抱着婴儿，立即跑出门来。

小三、齐妈、雨鹃也跟着跑出来。雨鹃怀里，也抱着小阿超。

祖望看见大家都出来了，更加狼狈了，拼命想掩藏自己的渴盼，却掩藏不住。

"我……我……"他颤抖地开了口。

雨凤急喊：

"小三！赶快去绞一把热毛巾来！"

齐妈跟着喊：

"再倒杯热茶来！"

雨凤凝视祖望，温柔地说：

"别站在这儿吹风，赶快进来坐！"

祖望看着她怀里的婴儿，眼睛里涨满了泪水。他往后退了一步，迟疑地说：

"我不进去了，我只是过来……看看！"

云飞看着父亲，看到他鬓发皆白，神情憔悴，心里一痛。问：

"爹，你怎么来的？怎么没看到马车？"

祖望接触到云飞的眼光，再也无法掩饰了，苍凉地说：

"品慧受不了家里的冷清，已经搬回娘家去了。家里一个人都没有了，我好……寂寞。我想，出来散散步，走着，走着，就走到这儿来了……"

"二十里路，你是走过来的吗？马车没来吗？你来多久了？"云飞大惊。

"来了好一会儿，不知道你们是不是欢迎我？"

云飞激动地喊：

"爹，我不是早就跟你说了吗？寄傲山庄永远为你开着大门呀！"

祖望看着雨凤，迟疑地说：

"可是……可是……"

雨凤了解了，抱着孩子走过去。

祖望抬头看着她，毫无把握地说：

"雨凤，我……以前对你有好多误会，说过许多不该说的话，你……会不会原谅一个昏庸的老人呢？"

雨凤的眼泪，夺眶而出。她诚心诚意地说：

"爹……我等了好久，可以喊你一声'爹'！这是你的孙子！"就对孩子说："叫爷爷！叫爷爷！"

祖望感动得一塌糊涂，泪眼模糊，伸手握住孩子的小手，哽咽问雨凤：

"他叫什么名字？"

"他叫苏……"雨凤犹豫了一下，就坦然地更正说，"他叫展天华。天是天虹的天，华是映华的华……"又充满感情地加了一句，"展，就是您那个展！"

云飞好震动，心里热烘烘的，不禁目不转睛，深深地看雨凤。这是第一次，雨凤承认了那个"展"字。

祖望也好震动，心里也是热烘烘的，也深深地看雨凤。

所有的人，全部激动着，看着祖望、云飞、雨凤和婴儿。

祖望眼泪一掉，伸手去抱孩子。雨凤立刻把孩子放进他的怀中，他一接触到那柔柔嫩嫩、软软乎乎的婴儿，整个人都悸动起来。他紧紧地抱着孩子，如获至宝。

羊群咩咩地叫着，小四、小五、阿超忙着把羊群赶进羊栏。

雨鹃就欢声地喊：

"连小羊儿都回家了！大家赶快进来吧！"

云飞扶着祖望：

"爹！进去吧！这儿，是你的'家'呀！"

"对！"雨凤扶着祖望另一边，"我们快回家吧！"

祖望的热泪，滴滴答答落在婴儿的褓裓里。

于是，在落日下，在彩霞中，在炊烟里，一群人簇拥着祖望进门去。

后来，在云飞的著作中，他写了这样两句话：

苍天有泪，因为苍天，也有无奈。
人间有情，所以人间，会有天堂。

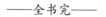
——全书完——

一九九七年十月十四日完稿于台北可园
一九九七年十一月五日修正于台北可园

初版后记

　　《苍天有泪》这个故事，是三年前就开始动笔的。那时，我写完了《烟锁重楼》，很想写一系列的民初小说，《苍天有泪》就是计划中的一部。这部小说写得有些艰苦，写写停停，始终不曾完稿。在这期间，我又对清代小说发生了兴趣，中途，停止了《苍天有泪》，去写《还珠格格》。直到《还珠格格》写完，我才定下心来，几乎是不眠不休地，把这部五十几万字的小说，一口气写完了。

　　我从事写作，已经数不清有多少岁月了。随着年龄的增长，对人生的看法，也有了一些改变。我常常在自我分析，也常常在自我检讨，总觉得我一直是个非常理想化的人，尽管在生命里，也有无数坎坷，也受过许多挫折，我依然相信"爱"，相信"美"。述说人类的"真情"，一直是我写作的主题。我这种固执，是带着一点"天真"的。可是，世界毕竟不像我的小说那么美好，人性也有丑陋的一面。这些年来，我已经体会到，"善"与"恶"像是同胞兄弟，有着相同的"血缘"，并存在我们的生命里，主宰着我们。人性的战争，因而无休无止。

就是这个概念，引发了《苍天有泪》这个故事，造就了"云飞"和"云翔"这一对兄弟。在这本书里，我写了善，也写了恶；写了生，也写了死；写了爱，也写了恨。许多地方，我自己带着感动的情绪去写，就是不知道是不是也能感动读者。

我一向不喜欢解释自己的作品，因为，那些"解释"，应该在小说里已经传达得很清楚了。如果传达得不够，是作品的失败。现在，我的看法还是这样。所以，我不再赘言了。

一部"长篇小说"，是一件"巨大"的工程。对我来说，写作从来没有"容易"过。对这部小说，我自己也有许多地方不满意，总觉得，文字不够用，词汇不够用。"写作"没有因为熟练而变得容易，反而越来越难了。希望我的读者们，能够带着一颗包容的心，来看这部小说！

琼瑶

一九九七年十一月十七日

（京权）图字：01-2025-0195

图书在版编目（CIP）数据

苍天有泪．3，人间有天堂／琼瑶著．--北京：作家出版社，2025.1. --（琼瑶作品大全集）．-- ISBN 978-7-5212-3236-3

Ⅰ．I247.5

中国国家版本馆 CIP 数据核字第 2025T1Q272 号

苍天有泪3 人间有天堂（琼瑶作品大全集）

作　　者：琼　瑶
责任编辑：方　焱
装帧设计：棱角视觉　纸方程·于文妍
责任印制：李大庆　金志宏
出版发行：作家出版社有限公司
社　　址：北京农展馆南里 10 号　　邮　　编：100125
电话传真：86-10-65067186（发行中心）
　　　　　86-10-65004079（总编室）
E-mail: zuojia@zuojia.net.cn
http://www.zuojiachubanshe.com
印　　刷：唐山玺诚印务有限公司
成品尺寸：142×210
字　　数：139 千
印　　张：7
版　　次：2025 年 1 月第 1 版
印　　次：2025 年 1 月第 1 次印刷
ISBN 978-7-5212-3236-3
定　　价：2754.00 元（全 71 册）

品　琼　瑶　经　典
忆　匆　匆　那　年

琼瑶作品大全集

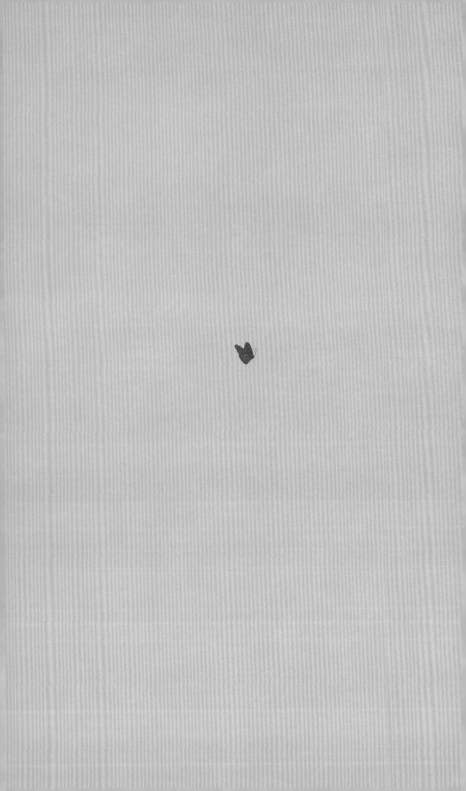